Le Festin de Pierre, Comedie en 5. actes
N.º 16.

Mayetts

LE FESTIN DE PIERRE,

COMÉDIE

EN CINQ ACTES ET EN VERS,

DE CORNEILLE.

A PARIS,

Chez {

BRUNET, Libraire, rue Mauconseil, à côté de la Comédie Italienne.

A AVIGNON,

JACQUES GARRIGAN, Imprimeur-Libraire, Place Saint-Didier.

1792.

ACTEURS.

D. LOUIS, pere de D. Juan.

D. JUAN.

SGANARELLE, valet de D. Juan.

D. CARLOS, frere d'Elvire.

ALONSE, ami de D. Carlos.

PIERROT, payfan.

M. DIMANCHE, marchand.

GUSMAN, domeftique d'Elvire.

LA STATUE du Commandeur.

LA RAMÉE, valet de chambre de D. Juan.

LA VIOLETTE, laquais de D. Juan.

ELVIRE, ayant époufé D. Juan.

THÉRESE, tante de Léonor.

LÉONOR, demoifelle de campagne.

PASCALE, nourrice de Léonor.

CHARLOTTE, payfanne accordée à Pierrot.

MATHURINE, autre payfanne.

LE FESTIN DE PIERRE;

COMÉDIE.

ACTE PREMIER.

SCENE PREMIERE.

SGANARELLE, GUSMAN.

SGANARELLE, *prenant du tabac, & en offrant à Gusman.*

Quoiqu'en dise Aristote & sa docte cabale,
Le tabac est divin, il n'est rien qui l'égale ;
Et par les faineans, pour fuir l'oisiveté,
Jamais amusement ne fut mieux inventé.
Ne saurait-on que dire, on prend la tabatiere ;
Soudain à gauche, à droit, par devant, par derriere,
Gens de toutes façons, connus & non connus,
Pour y demander part, sont les très-bien venus.
Mais c'est peu qu'à donner instruisant la jeunesse,
Le tabac l'accoutume à faire ainsi largesse ;
C'est dans la médecine un remede nouveau ;
Il purge, réjouit, conforte le cerveau ;
De toute noire humeur promptement le délivre ;
Et qui vit sans tabac, n'est pas digne de vivre.
O tabac, ô tabac, mes plus cheres amours !
Mais reprenons un peu notre premier discours.
Si bien, mon cher Gusman, qu'Elvire ta maitresse,
Pour Don Juan mon maitre a pris tant de tendresse,
Qu'apprenant son départ, l'excès de son ennui
La fait mettre en campagne, & courir après lui.
Le soin de le chercher est obligeant sans doute ;
C'est aimer fortement : mais tout voyage coûte ;
Et j'ai peur, s'il te faut expliquer mon souci,
Qu'on l'indemnise mal des frais de celui-ci.

GUSMAN.

Et la raison encor ? Dis-moi, je te conjure,
D'où te vient une pudeur de si mauvaise augure ?
Ton maitre là-dessus t'a-t-il ouvert son cœur ?
T'a-t-il fait remarquer pour nous quelque froideur,
Qui d'un départ si prompt ?...

SGANARELLE.

Je n'en sais point les causes.
Mais, Gusman, à peu près, je vois le train des choses ;

A 2

Et, sans que Don Juan m'ait rien dit de cela,
Tout franc, je gagerois que l'affaire va là.
Je pourrais me tromper ; mais j'ai peine à le croire.

GUSMAN.

Quoi ! ton maître ferait cette tache à sa gloire ?
Il trahirait Elvire ? & d'un crime si bas....

SGANARELLE.

Il est trop jeune encor, il n'oserait.

GUSMAN.
Hélas !

Ni d'un si lâche tour l'infamie éternelle,
Ni de sa qualité....

SGANARELLE.
La raison en est belle !

Sa qualité ! C'est là ce qui l'arrêterait !

GUSMAN.

Tant de vœux....

SGANARELLE.
Rien pour lui n'est trop chaud ni trop froid ;

Vœux, sermens, sans scrupule il met tout en usage.

GUSMAN.

Mais ne songe-t-il pas à l'hymen qui l'engage ?
Croit-il le pouvoir rompre ?

SGANARELLE.
Hé ! mon pauvre Gusman,

Tu ne fais pas encor quel homme est Don Juan.

GUSMAN.

S'il est ce que tu dis, le moyen de connaître
De tous les scélérats le plus grand, le plus traître ?
Le moyen de penser qu'après tant de sermens,
Tant de transports d'amour, d'ardeur, d'empressemens,
De protestations des plus passionnées,
De larmes, de soupirs, d'assurances données,
Il ait réduit Elvire à sortir du couvent,
A venir l'épouser ? & tout cela, du vent !

SGANARELLE.

Il s'embarrasse peu de pareilles affaires :
Ce sont des tours d'esprit qui lui sont ordinaires ;
Et, si tu connaissais le pélerin, crois-moi,
Tu serais peu de fond sur le don de sa foi.
Ce n'est pas que je sache avec pleine assurance,
Que déjà pour Elvire il soit ce que je pense.
Pour un dessein secret en ces lieux appelé,
Depuis son arrivée il ne m'a point parlé ;
Mais, par précaution, je puis ici te dire
Qu'il n'est devoirs si saints dont il n'ose se rire ;
Que c'est un endurci dans la fange plongé,
Un chien, un hérétique, un Turc, un enragé,
Qu'il n'a ni foi ni loi ; que tout ce qui le tente....

GUSMAN.

Quoi ! le ciel ni l'enfer n'ont rien qui l'épouvante ?

SGANARELLE.

Bon ! parlez-lui du ciel, il répond d'un souris ;
Parlez-lui de l'enfer, il met le diable au pis ;
Et, parce qu'il est jeune, il croit qu'il est en âge
Où la vertu sied moins que le libertinage.
Remontrance, reproche, autant de temps perdu.
Il cherche avec ardeur ce qu'il voit défendu ;
Et, ne refusant rien à madame nature,
Il est ce qu'on appelle un pourceau d'Epicure.
Ainsi, ne me dis point, sur sa légéreté,
Qu'elvire, par l'hymen, se trouve en sureté :
C'est peu par bon contrat qu'il en ait fait sa femme ;
Pour en venir à bout, & contenter sa flamme,

Avec elle, au besoin, par ce même contrat,
Il aurait épousé toi, son chien & son chat.
C'est un piege qu'il tend par-tout à chaque belle ;
Paysanne, Bourgeoise, & Dame & Demoiselle,
Tout le charme ; &, d'abord, pour leur donner leçon ;
Un mariage fait lui semble une chanson.
Toujours objets nouveaux, toujours nouvelles flammes ;
Et si je te disais combien il a de femmes,
Tu serais convaincu que ce n'est pas en vain
Qu'on le croit l'époufeur de tout le genre humain.

GUSMAN

Quel abominable homme !

SGANARELLE

Et plus qu'abominable.
Il se moque de tout ; ne craint ni Dieu, ni diable ;
Et je ne doute point comme il est sans retour,
Qu'il ne soit par la foudre écrasé quelque jour ;
Il le mérite bien ; &, s'il te faut tout dire,
Depuis qu'en le servant je souffre le martyre,
J'en ai vu tant d'horreurs, que j'avoue aujourd'hui
Qu'il vaudrait mieux cent fois être au diable qu'à lui.

GUSMAN

Que ne le quittes-tu ?

SGANARELLE

Le quitter ! comment faire ?
Un grand Seigneur méchant est une étrange affaire.
Vois-tu, si j'avais fui, j'aurais beau me cacher,
Jusques dans l'enfer même il viendrait me chercher ;
La crainte me retient ; & ce qui me désole,
C'est qu'il faut avec lui faire souvent l'idole,
Louer ce qu'on déteste, &, de peur du bâton,
Approuver ce qu'il fait, & chanter sur son ton.
Je crois dans ce palais le voir qui se promene ;
C'est lui. Prends garde au moins....

GUSMAN

Ne t'en mets point en peine ;

SGANARELLE

Je t'ai conté sa vie un peu légèrement ;
C'est à toi là-dessus de te taire ; autrement...

GUSMAN, s'en allant.

Ne crains rien.

SCENE II.

D. JUAN, SGANARELLE.

D. JUAN.

Avec qui parlais-tu ? Pourrait-ce être
Le bon homme Gusman ? J'ai cru le reconnaître.

SGANARELLE

Vous avez fort bien cru ; c'était lui-même.

D. JUAN.

Il vient
Demander quelle affaire en ces lieux nous retient ?

SGANARELLE

Il est un peu surpris de ce que, sans rien dire,
Vous avez pu, si-tôt, abandonner Elvire.

D. JUAN.

Que lui fais-tu penser d'un départ si prompt ?

SGANARELLE

Moi ?
Rien du tout, ce n'est point mon affaire.

D. JUAN.

Mais toi,

Qu'en penses-tu ?

SGANARELLE.

Je crois, sans trop juger en bien,
Que vous avez encor quelque amourette en tête.

D. JUAN.

Tu le crois ?

SGANARELLE.

Oui.

D. JUAN.

Ma foi, tu crois juste ; & mon cœur,
Pour un objet nouveau, sent la plus forte ardeur.

SGANARELLE.

Hé ! mon Dieu ! j'entrevois d'abord ce qui s'y passe.
Votre cœur n'aime point à demeurer en place ;
Et, sans lui faire tort sur la fidélité,
C'est le plus grand coureur qui jamais ait été.
Tout est de votre goût, brune ou blonde, n'importe.

D. JUAN.

Et n'ai-je pas raison d'en user de la sorte ?

SGANARELLE.

Hé ! Monsieur....

D. JUAN.

Quoi ?

SGANARELLE.

Sans doute, il est aisé de voir
Que vous avez raison, si vous vouliez l'avoir :
Mais si, comme on n'est pas bon juge dans sa cause,
Vous ne le vouliez pas, ce serait autre chose.

D. JUAN.

Hé bien ! je te permets de parler librement.

SGANARELLE.

En ce cas, je vous dis très-sérieusement
Qu'on trouve fort vilain qu'allant de belle en belle,
Vous fassiez vanité par-tout d'être infidèle.

D. JUAN.

Quoi ! si d'un bel objet je suis d'abord touché,
Tu veux que pour toujours j'y demeure attaché ;
Qu'un éternel amour de ma foi lui réponde,
Et me laisse sans yeux pour le reste du monde ?
Le rare & doux plaisir qui se trouve en aimant,
S'il faut s'ensevelir dans un attachement,
Renoncer pour lui seul à toute autre tendresse,
Et vouloir sottement mourir dès sa jeunesse !
Va, crois-moi, la constance était bonne jadis,
Où les leçons d'aimer venaient des Amadis :
Mais, à présent, on suit des lois plus naturelles ;
On aime sans façon tout ce qu'on voit de belles ;
Et l'amour qu'en nos cœurs la première ——duit,
N'ôte rien aux appas de celle qui la suit.
Pour moi, qui ne saurais faire l'inexorable,
Je me donne par-tout où je trouve l'aimable ;
Et tout ce qu'une belle a sur moi de pouvoir,
Ne me rend point ailleurs incapable de voir.
Sans me vouloir piquer du nom d'amant fidèle,
J'ai des yeux pour une autre aussi-bien que pour elle ;
Et, dès qu'un beau visage a demandé mon cœur,
Je ne puis me résoudre à l'armer de rigueur.
Ravi de voir qu'il cède à la douce contrainte
Qui d'abord laisse en lui toute autre flamme éteinte,
Je l'abandonne aux traits dont il aime les coups ;
Et, si j'en avais cent, je les donnerais tous.

SGANARELLE.

Vous êtes libéral !

D. JUAN.

Que de douceurs charmantes
ont goûter aux amans les passions naissantes!
pour chaque beauté je m'enflamme aisément,
e vrai plaisir d'aimer est dans le changement:
consiste à pouvoir, par d'empressés hommages,
orcer d'un tendre cœur les scrupuleux ombrages;
désarmer sa crainte, à voir de jour en jour,
ar cent petits progrès, avancer notre amour;
vaincre doucement la pudeur innocente
u'oppose à nos désirs une ame chancelante,
t la réduire enfin, à force de parler,
se laisser conduire où nous voulons aller,
ais quand on a vaincu, la passion expire;
'e souhaitant plus rien, on n'a plus rien à dire:
l'amour satisfait tout son charme est ôté;
t nous nous endormons dans sa tranquillité,
i quelque objet nouveau, par sa conquête à faire,
e réveille en nos cœurs l'ambition de plaire.
afin, j'aime en amour les objets différens;
t j'ai, sur ce sujet, l'ardeur des conquérans,
i, sans cesse, courent de victoire en victoire,
e peuvent se résoudre à voir borner leur gloire.
mes vastes désirs la vol précipité,
ar cent objets vaincus, ne peut être arrêté;
s fesois mon cœur plus loin capable de s'étendre;
t je souhaiterais, comme fit Alexandre,
u'il fût un autre monde encore à découvrir,
je pusse en amour chercher à conquérir.

SGANARELLE.

omme vous débitez! ma foi, je vous admire.
otre langue....

D. JUAN.

Qu'as-tu, là-dessus, à me dire?

SGANARELLE.

vous dire? moi? J'ai.... Mais que dirais-je? rien;
ar, quoi que vous disiez, vous le tournez si bien,
ue, sans avoir raison, il semble à vous entendre,
u'on soit, quand vous parlez, obligé de se rendre.
avais pour disputer, des raisons dans l'esprit....
veux une autre fois les mettre par écrit:
vec vous, sans cela, je n'aurais qu'à me taire:
ous me brouilleriez tout.

D. JUAN.

Tu ne saurais mieux faire.

SGANARELLE.

ais, Monsieur, par hasard, me serait-il permis
vous dire qu'à moi, comme à tous vos amis,
otre genre de vie un tant soit peu fait peine?

D. JUAN.

ort! Et quelle vie est-ce donc que je mene?

SGANARELLE.

bonne, assurément; mais enfin.... quelquefois....
t exemple, vous voir marier tous les mois.

D. JUAN.

il rien de plus doux? rien qui soit plus capable....

SGANARELLE.

est vrai, je conçois cela fort agréable;
c'est, si sans péché j'en avais le pouvoir,
divertissement que je voudrais avoir:
is, sans aucun respect pour les plus saints mystères...;

D. JUAN.

t'embarrasse point; ce sont-là mes affaires.

SGANARELLE.

On doit craindre le ciel ; & jamais libertin
N'a fait encor, dit-on, qu'une méchante fin.

D. JUAN.

Je hais la remontrance ; & , quand on s'y hasarde....

SGANARELLE,

Oh ! ce n'est pas à vous que j'en fais, Dieu m'en garde,
J'aurais tort de vouloir vous donner des leçons,
Si vous vous égarez, vous avez vos raisons ;
Et, quand vous faites mal, comme c'est l'ordinaire,
Du moins vous savez bien qu'il vous plaît de le faire,
Bon cela. Mais il est certains impertinens,
A droit de forts esprits, hardis, entreprenans,
Qui, sans savoir pourquoi, traitent de ridicules
Les plus justes motifs des plus sages scrupules,
Et qui font vanité de ne trembler de rien,
Par l'entêtement seul que cela leur sied bien.
Si j'avais par malheur un tel maître : une crosse,
Lui dirais-je tout net, le regardant en face,
Osez-vous bien ainsi braver à tous momens
Ce que l'enfer pour vous amasse de tourmens ?
Un rien, un myrmidon, un petit ver de terre,
Au ciel imprudemment croit déclarer la guerre ?
Allez, malheur cent fois à qui vous applaudit,
C'est bien à vous.... (Je parle au maître que j'ai dit.)
A vouloir railler des choses les plus saintes,
A secouer le jeug des plus louables craintes,
Pour avoir des grands biens, & de la qualité,
Une perruque blonde, être propre, ajusté,
Tout en couleur de feu , pensez-vous.... (Prenez garde ,
Ce n'est pas vous au moins que tout ceci regarde.)
Pensez-vous en avoir plus de droit d'éclater
Contre les vérités dont vous osez douter ?
De moi, votre valet, apprenez, je vous prie,
Qu'en vain les libertins de tout font raillerie ;
Que le ciel, tôt ou tard, pour leur punition....

D. JUAN.

Paix.

SGANARELLE.

Ça, voyons. De quoi serait-il question ?

D. JUAN

De te dire en deux mots qu'une flamme nouvelle,
Ici, sans m'en parler, m'a fait suivre une belle,

SGANARELLE.

Et n'y craignez-vous rien pour ce Commandeur mort ?

D. JUAN.

Je l'ai si bien tué, chacun le sait.

SGANARELLE.

D'accord :
On ne peut rien de mieux ; & , s'il osait s'en plaindre,
Il aurait tort ; mais....

D. JUAN.

Quoi ?

SGANARELLE.

Ses parens sont à craindre.

D. JUAN.

Laissons-là te rayeurs, & songeons seulement
A ce qui me peut faire un destin tout charmant.
Celle qui me réduit à soupirer pour elle,
Est une fiancée aimable, jeune, belle,
Et conduite en ces lieux, où j'ai suivi ses pas,
Par l'heureux à qui sont destinés tant d'appas.
Je la vis par hasard, & j'eus cet avantage
Dans le temps qu'ils songeoient à faire leur voyage.

l faut té l'avoüer ; jamais jusqu'à ce jour,
e n'ai vu deux amans se montrer tant d'amour :
    leurs cœurs trop unis la tendresse visible,
    e frappant tout à coup, rendit le mien sensible :
    t les voyant céder aux transports les plus doux,
    j je devins amant, je fus amant jaloux.
    ui, je ne pus souffrir, sans un dépit extrême,
    u'ils s'aimassent autant que l'un & l'autre s'aime.
Ce bizarre chagrin alluma mes desirs ;
Je me fis un plaisir de troubler leurs plaisirs,
De rompre adroitement l'étroite intelligence,
Dont mon cœur délicat se faisait une offense.
N'ayant pu réussir, plus amoureux toujours,
C'est au dernier remede enfin que j'ai recours.
Cet époux prétendu, dont le bonheur me blesse,
Doit aujourd'hui sur mer régaler sa maîtresse.
Sans t'en avoir rien dit, j'ai dans mes intérêts
Quelques gens qu'au besoin nous trouverons tout prêts.
Ils auront une barque, où la belle enlevée
Rendra de mon amour la victoire achevée.

SGANARELLE.

Ah ! Monsieur !

D. JUAN.

Hé ?

SGANARELLE.
        C'est-là le prendre comme il faut.

Vous faites bien.

D. JUAN.
        L'amour n'est pas un grand défaut.
SGANARELLE.
Sottise ! il n'est rien tel que de se satisfaire.
        (à part.)
La méchante ame !

D. JUAN.
        Allons songer à cette affaire,
Voici l'heure à peu près où ceux....

SCENE III.

ELVIRE, D. JUAN, SGANARELLE, GUSMAN.
D. JUAN.

Mais qu'est ceci ?
Tu ne m'avais pas dit qu'Elvire était ici.
        SGANARELLE.
Savais-je que si-tôt vous la verriez paraître ?
        ELVIRE.
Don Juan voudra-t-il encor me reconnaître ?
Et puis-je me flatter que le soin que j'ai pris....
        D. JUAN
Madame, à dire vrai, j'en suis un peu surpris ;
Rien ne devait ici presser votre voyage.
        ELVIRE.
J'y viens faire sans doute un méchant personnage ;
Et, par ce froid accueil, je commence de voir
L'erreur où m'avais mis un trop crédule espoir.
J'admire ma faiblesse, & l'imprudence extrême
Qui m'a fait consentir à me tromper moi-même,
A démentir mes yeux sur une trahison
Où mon cœur refusait de croire ma raison.
Oui, pour vous, contre moi, ma tendresse séduite,
Quoi qu'on pût m'opposer, excusait votre fuite.
Ces soupçons, qui devaient alarmer mon amour,

B

Avaient beau, contre vous, me parler chaque jour ;
A vous justifier toujours trop favorable,
J'en rejettais la voix qui vous rendait coupable,
Et je ne regardais, dans ce trouble odieux,
Que ce qui vous peignait innocent à mes yeux.
Mais un accueil si froid & si plein de surprise,
M'apprend trop ce qu'il faut que pour vous je me dise ;
Je n'ai plus à douter qu'un honteux repentir
Ne vous ait, sans rien dire, obligé de partir.
J'en veux pourtant, j'en veux, dans mon malheur extrême,
Entendre les raisons de votre bouche même.
Parlez donc, & sachons par où j'ai mérité
Ce qu'ose contre moi votre infidélité.

D. JUAN.

Si mon éloignement m'a fait croire infidelle,
J'ai mes raisons, Madame ; & voilà Sganarelle
Qui vous dira pourquoi....

SGANARELLE.

Je le dirais ? fort bien !

D. JUAN.

Il fait....

SGANARELLE, *bas à D. Juan.*

Moi ! s'il vous plaît, Monsieur, je ne sais rien.

ELVIRE.

Hé bien ! qu'il parle ; il faut souffrir tout, pour vous plaire.

D. JUAN.

Allons, parle à Madame ; il ne faut point se taire.

SGANARELLE, *bas à D. Juan.*

Vous vous moquez, Monsieur.

ELVIRE, *à Sganarelle.*

Puisqu'on le veut ainsi,
Approchez, & voyons ce mystere éclairci.
Quoi ! tous deux interdits ! Est-ce là pour confondre ?

D. JUAN, *à Sganarelle.*

Tu ne répondras pas ?

SGANARELLE, *bas à D. Juan.*

Je n'ai rien à répondre.

D. JUAN.

Veux-tu parler, te dis-je ?

SGANARELLE.

Hé bien ! allons, tout doux.
Madame....

ELVIRE.

Quoi ?

SGANARELLE, *à D. Juan.*

Monsieur !

D. JUAN.

Redoute mon courroux.

SGANARELLE.

Madame, un autre monde.... avec que'qu'autre chose....
Comme les conquérans.... Alexandre est la cause
Qui nous a fait en hâte, &, sans vous dire adieu,
Décamper l'un & l'autre, & venir en ce lieu.
Voilà pour vous, Monsieur, tout ce que je puis faire.

ELVIRE.

Vous plaît-il, Don Juan ; m'éclaircir ce mystere ?

D. JUAN.

Madame, à dire vrai, pour ne pas abuser....

ELVIRE.

Ah ! que vous savez peu l'art de vous déguiser !
Pour un homme de cour, qui doit avec étude,
De feindre, de tromper, avoir pris l'habitude,
Demeurer interdit, c'est mal faire valoir
La ride effrontérie où je vous devrais voir.

ne me jurez-vous que vous êtes le même,
.e vous m'aimez toujours autant que je vous aime,
t que la seule mort, dégageant votre foi,
ompra l'attachement que vous avez pour moi ?
ne me dites-vous qu'une affaire importante
caufe le départ dont j'ai pris l'épouvante ;
ue fi de son secret j'ai lieu de m'offenser,
ous avez craint les pleurs qu'il m'aurait fait verser,
s'ici d'un long féjour ne pouvant vous défendre,
en'ai qu'à vous quitter, & vous aller attendre ;
ue vous me rejoindrez avec l'empressement
a'a pour ce qu'il adore un véritable amant ;
t, qu'éloigné de moi, l'ardeur qui vous enflamme
ous rend ce qu'est un corps féparé de son ame ?
oilà par où, du moins, vous me feriez douter
un oubli que mes feux devaient peu redouter.

D. JUAN.

Madame, puisqu'il faut parler avec franchise,
pprenez ce qu'en vain mon trouble vous déguise.
e ne vous dirai point que mes empressemens
ous conservent toujours les mêmes sentimens ;
t que, loin de vos yeux, ma juste impatience
our le plus grand des maux me fait compter l'absence.
Si j'ai pu me réfoudre à fuir, à vous quitter,
Je n'ai pris ce deslein que pour vous éviter :
Non que mon cœur encor, trop touché de vos charmes,
N'ait le même penchant à vous rendre les armes ;
Mais un preslant scrupule, à qui j'ai dû céder,
M'ouvrant les yeux de l'ame, a fu m'intimider,
Et fait voir qu'avec vous, quelque amour qui m'engage,
Je ne puis, sans péché, demeurer davantage.
J'ai fait réflexion que, pour vous épouser,
Moi-même trop long-temps j'ai voulu m'abuser ;
Que je vous ai forcée à faire au ciel l'injure
De rompre en ma faveur, une sainte clôture,
Où par des vœux sacrés vous aviez entrepris
De garder pour le monde un éternel mépris.
Sur ces réflexions, un repentir sincere
M'a fait appréhender la célefte colete.
J'ai cru que notre hymen, trop mal autorifé,
N'était pour tous les deux qu'un crime déguifé ;
Et que je ne pouvais en éviter les peines,
Qu'en tâchant de vous rendre à vos premieres chaines.
N'en doutez point ; voilà, quoiqu'avec mille ennuis,
Et pourquoi je m'éloigne, & pourquoi je vous fuis.
Par un frivole amour voudriez-vous, Madame,
Combattre le remords qui déchire mon ame ;
Et, qu'en vous retenant, j'attiraise sur nous,
Du ciel, toujours vengeur, l'implacable courroux ?

ELVIRE.

Ah ! scélérat ! ton cœur, aussi lâche que traitre,
Commence tout entier à se faire connaître ;
Et, ce qui me confond dans les maux que j'attends,
Je le connais enfin, lorsqu'il n'en est plus temps.
Mais fache, à me tromper quand ce cœur s'étudie,
Que ta peine fuivra ta noire perfidie ;
Et que ce même ciel dont tu t'ofes railler,
A me venger de toi voudra bien travailler.

SGANARELLE, *bas à part.*

Se peut-il qu'il résifte, & que rien ne l'étonne ?
(*Haut.*)
Monsieur....

D. JUAN.

De faussété je vois qu'on me soupçonne ;

B 2

Mais, Madame.…

ELVIRE.

Il suffit, je t'ai trop écouté.
En ouïr davantage est une lâcheté ;
Et, quoi qu'on ait à dire, il faut qu'on se surmonte,
Pour ne se faire pas trop expliquer sa honte.
Ne te figures point qu'en reproches en l'air
Mon courroux contre toi veuille ici s'exhaler ;
Tout ce qui peut avoir d'ardeur, de violence,
Se réserve à mieux faire éclater ma vengeance.
Je te le dis encor ; le ciel, armé pour moi,
Punira, tôt ou tard, ton manquement de foi ;
Et si tu ne crains point sa justice blessée,
Crains du moins la fureur d'une femme offensée.

SCENE IV.

D. JUAN, SGANARELLE.

SGANARELLE.

Il ne dit mot, il rêve, & les yeux sur les siens.…
Hélas ! si le remords le pouvait prendre.

D. JUAN.

Viens.
Il est temps d'achever l'amoureuse entreprise
Qui me livre l'objet dont mon ame est éprise.
Suis-moi.

SCENE V.

SGANARELLE, seul.

Le détestable ! A quel maître maudit,
Malgré moi, si long-temps, mon malheur m'asservit !

Fin du premier Acte.

ACTE II.

SCENE PREMIERE.

CHARLOTTE, PIERROT.

CHARLOTTE.

Notre-dinse, Piarrot, pour les tirer de peine,
Tu t'es là rencontré bian à point.

PIERROT.

Oh ! marguienne,
Sans nous c'en était fait.

CHARLOTTE.

Je le crois bian.

PIERROT.

Vois-tu !
Il ne s'en fallait pas l'époisseur d'un fétu,
Tous deux de se nayer eussiont fait la sottise.

CHARLOTTE.

C'est donc l'vent d'à matin.…

PIERROT.

Aga ! quien, sans se latise,
Je te vas tout fin drait conter, par le menu,
Comme en n'y pensant pas, le hasard est venu.

Il aviont bian besoin d'un œil comme le nôtre,
Qui les vit de tout loin; car c'est moi, com'ç'dit l'autre,
Qui les ai le premier avisés. Tanquia don,
Sur le bord de la mar bian les prend que j'équion,
Où de tarre Gros-Jean me jettait une motte,
Tout en batifolant; (car com'tu fais, Charlotte,
Pour v'nir batifoler Gros-Jean ne cherche qu'où;
Et moi, par fois aussi, je batifole itou.)
En batifolant don, j'ai fait l'appercevance
D'un grouillement su gl'iau, sans avoir la différence
De c'qui pouvait grouiller, ça grouillait à tous coups;
Et, grouillant, par secousse allait comme envars nous.
J'étais embarrassé; c'n'était point stratagème,
Et, tout com'je te vois, je voyais ça de même,
Aussi sixiblement; & pis tout d'un coup, quian,
Je voyais qu'après ça je ne voyais pus rian.
Hé! Gros-Jean, ç'ai-je fait, st.mpendant que je somme
A niaiser parmi nous, je pens' que v'là dé z'homme
Qui nagiont tout là-bas. Bon! ç'm'a-t-il fait, vraiment,
T'auras de queuque chot va le trépassement:
T'a la vu' treuble. Oh! bian, ç'ai-je fait, t'as bian dire,
Je n'ai point la vu' treuble, & c'n'est point jeu pour rire;
C'est-là dé z'homme. Point, m'a-t-i fait, c'n'en est pas,
Piarrot, t'as la barlue. Oh! J'ai c'que tu voudras,
Ç'ai-je fait, mais gageons que j'n'ai point la barlue,
Et qu'ça qu'an voit là-bas, ç'ai-je fait, qui remue,
C'est dé z'homme, vois-tu? qui nageont vars ici.
Gag' que non, ç'm'a-t-i fait. Oh! morgué, gag' que si,
Dix sous. Oh! ç'm'a-t-i fait, je le veux bian, marguienne;
Quien, mets argent sus jeu, v'là le mien. Palsanguenne,
Je n'ai fait aussi-tôt l'écourdi, ni le fou,
J'ai bravement bouté par tarre mé dix sous,
Quatre pièces tapées, & le restant en double:
Jarnigué, je varrons si j'avons la vu' treuble,
Ç'ai-je fait, les boutant.... pas hardiment enfin
Que si j'eusse avalé queuque varre de vin;
Car je tis hasardeux, moi; qu'an m'niete en boutade,
Je vas, sans tant d'raisons, tout à la débandade.
Je savais bian pourtant ç'que j faisais d'en par-là;
Queuque gniais! enfin donc, j'n'ons pas plutôt mis, v'là
Que j'voyons tout à plein com'deu z'homme à la nage
Nous faisiont signe; & moi, sans rian dit' davantage,
De prendre le zenjeu. Allons, Gros-Jean, allons,
Ç'ai-je fait, vois-tu pas comme i nou z'appellons?
I s'vont nayer. Tant mieux, ç'm'a-t-i fait, je m'en gausse,
I m'ont fait pardre. Adonc le tirant par le chausses,
J' l'ai bian sarmoné, qu'à la parfin vers eux,
J'avons dans une barque aitronné tous deux,
Et pis, cahin, caha, j'ons tant fait que je somme
Venu tout contre; & pis, j'les avons tiré comme
Il aviont quasi bu déjà pus que de jeu;
Et pis, j'le z'ons cheu nous menés auprès du feu,
Où je l'z'ons vu tout nuds sécher leu z'oupelande;
Et pis, il en est v'nu deu z'autres de leu bande,
Qui s'équiant, vois-tu bian! sauvez tout seuls; & pis,
Mathurine est venue à voir leu bian z'habits;
Et pis, i li'ont conté qu'al n'était pas tant sotte,
Qu'al avait du malin dans l'œil; & pis, Charlotte,
V'là tout com'ça s'est fait pour te l'dire en un mot....

CHARLOTTE.

Et ne m'disais-tu pas qu'il en avait un, Piarrot,
Qu'était bian pus mieux fait que tretous?

PIERROT.

C'est le maître,

Qoeuque bien gros Monfieu, dé pas gros qui puiffe être ;
Car i n'a que du d'or par ilà , par ici ;
Et ceux qui le farvont font dé Monfieus auffi.
Stapendant , fi je n'eûme été là , paffanguenne ,
Il en tenait.

CHARLOTTE.
Ardé z'un peu.

PIERROT.
Jamais , margueienne ,
Tout gros Monfieu qu'il eft , il n'en fût revenu.

CHARLOTTE.
Et cheu toi , dis , Piarrot, eft il encor tout nu ?

PIERROT.
Nannin , tout devant nous qui le regardions faire ,
J l'avont t'habillé. Monguieu , combian d'affaire!
J'n'avais vu s'habiller jamais de courtifans ,
Ni leu z'engingorniaux , je me jardrais dedans?
Pour lé z'y faire entrer , comme n'an lé balloite !
J'étais tout ébobi de voir ça. Qokn , Charlotte ,
Quand i font habillés , y vou z'ont tout à point
De grands cheveux toufus , mais qui ne tenont point
A leu tête , & pis v'là tout d'un coup qui l'y paffe ,
J boutont ça tout comme un bonnet de fiaille.
Leu chemife , qu'à voit j'étais tout étourdi ,
Ont dé manche où tous deux j'enterions tout brandi.
En dé lieu d'haut-de-chauffe , il ont garraine hiftoire
Qui ne leu vient que là ; j'aurais bian de quoi boite ,
Si j'avais tout l'argent dé lifets de deffu ;
L'i'en a tant, l'i'en a tant , qu'an n'en ferait voir pu.
Il ont jufqu'au collet qui n'va point en darriere
Et qui leu pend devant , bâ i d'une maniere
Que je n'tè l'ferais dire , & fi j'ai vu de près,
Il ont au bout dé bras d'autres petits collets ,
Aveu dé paffemens faits de dantales blanches
Qui , veniant par le bout , faifont le tour dé manches.

CHARLOTTE.
J faut que j'aille voir , Piarrot....

PIERROT.
Oh ! fi te plait !
J'ai queuq'chofe à te dire.

CHARLOTTE.
Hé bien ! dis , qu'eft c' que c'eft !

PIERROT.
Vois tu! Charlotte , i faut qu'aveu toi , com'c'dit l'autre ,
Je débonde mon cœur : il ferait trop du nôtre ,
Quand je fommes pour être à nous deux tout de bon ,
Si je m'me plaignais pas.

CHARLOTTE.
Quement , qu'eft c' qu'il i'a donc?

PIERROT.
Il i'a que franchement , tu me chagrines l'ame.

CHARLOTTE.
Et d'où vient ?

PIERROT.
Tatiguè , tu dois être ma femme ,
Et tu ne m'aimes pas.

CHARLOTTE.
Ah ! ah ! n'eft-ce que ça ?

PIERROT.
Non , c'n'eft qu'ça ; ftappendant c'eft bian affez. Vian-çà....

CHARLOTTE.
Mon guieu , toujou , Piarrot tä m'dis la même chofe.

PIERROT.
Si j'te la dis toujou , c'eft toi qu'en es la caufe ;

Et fi tu me faifais queuque fuas autrement,
J'te dirais autre chofe.

CHARLOTTE.

Apprends-moi donc quement
Tu voudrais que j'te fiffe.

PIERROT.

Oh ! je veux que tu m'aime.

CHARLOTTE.

Eft-c' que je ne t'aime pas ?

PIERROT.

Non, tu fais tout de même
Que fi j'navions point fait nos z'accordaille ; & fi
J'n'ai rien à me r'procher là-deffus, Dieu marci.
Dès qu'i paffe un marcier, tout auffi-tôt j't'ajette
Lê pu jolis lacets qui faient dans fa bannette.
Pour t'aller dénicher des mailes je n'fai z'ou,
Tous les jours je m'hafarde à me rompre le cou.
Je fais jouer pour toi le vielleu z'à ta fête,
Et tout ça contre un mur c'eft me battre la tête :
J'n'y gagne rien. Vois-tu ! Ça n'eft ni biau, ni bon,
De n'vouloir pas aimer les gens qui nous z'aimon.

CHARLOTTE.

Mon guieu, je t'aime auffi ; de quoi te mettre en peine ?

PIERROT.

Oui, tu m'aimes ; mais c'eft d'une belle dig-ive.

CHARLOTTE.

Qu'eft-c' donc qu'tu veux qu'an faffe ?

PIERROT.

Oh! je veux que, tout haut,
L'an faffe ce qu'an fait pour aimer comme i faut.

CHARLOTTE.

J't'aime auffi comme i faut ; pourquoi donc qu'tu t'étonnes ?

PIERROT.

Non, ça s'voit quand il eft ; & toujou z'aux perfonnes,
Quand c'eft tout d'bon qu'on aime, an leu fait, en paffant,
Mil p'tite fingerie ; & fis-je un innocent ?
Margué, je n'veux que voir com'la groffe Thomaffe
Fait au jeu Robin ; al n'tient jamais en place,
Tant al n'eft affottie, &, dès qu'al l'voit paffer,
Al n'attend point qu'i vienne, al s'en court l'agacer,
Li jett' fon chapiau bas, & toujou fans reproche
Li fait exprès queuq'niche, ou baille une taloche ;
Et darnierement encor que fu z'un efcabiau
I regardait danfer, al s'en fut biau & biau
Li tirer de deffous, & l'mit à la renvarfe.
Jarny, v'là c'q'c'eft qu'aimer ! mais margué, l'an me barce,
Quand dret comme un piquet j'vois qu'tu viens te parcher.
Tu n'me dis jamais mot, & j'ai biau t'entincher,
En lieu de m'fair' préfent d'une bonne égratignoure,
De m'bailler queuque coup, ou d'voir par aventure
Si j'fis point chatouilleox, tu te grattes les doigts ;
Et t'es là toujou com' une vraie fouch' de bois.
T'es trop fraide, vois-tu ! ventreguè, ça me choque.

CHARLOTTE.

C'eft mon himeur, Piarrot ; que veux-tu ?

PIERROT.

Tu te moque!
Quand l'an aime les gens, l'en an baille toujou
Queuqu' petit' figuifiance.

CHARLOTTE.

Oh! cherche don par où.
S'tu enfes qu'à t'aimer queuque autre foit pas prompte,
Va l'aimer, j'te l'accorde.

PIERROT.

Hé bian! v'là pas mon compte!
Tatiguè, s'tu m'aimais, m'dirais-tu ça?

CHARLOTTE.

Pourquoi
M'vians-tu tarabuster toujou l'esprit?

PIERROT.

Dis-moi
Qoeu mal t'fais-je à vouloir que tu me fasses paraitre
Un peu d'amiquié?

CHARLOTTE.

Va, ça me viendra peut-être;
Ne me presse point tant, & laisse faire.

PIERROT.

Hé bian!
Touche donc là, Charlotte, & d'bon cœur.

CHARLOTTE.

Hé bian! quian.

PIERROT.

Promets qu'tu tâcheras z'à m'aimer davantage.

SCENE II.

CHARLOTTE, PIERROT, D. JUAN, SGANARELLE.

CHARLOTTE.

Est-ce là ce Monsieu?

PIERROT.

Oui, le v'là.

CHARLOTTE.

Qoeu dommage
Qu'il eût été nayé! qu'il est genti!

PIERROT.

Je vas
Boire chopaine? aigieu; je ne tarderai pas.

SCENE III.

CHARLOTTE, D. JUAN, SGANARELLE.

D. JUAN.

Il n'y faut plus penser, c'en est fait, Sganarelle;
La force entre mes bras allait mettre la belle,
Lorsque ce coup de vent, difficile à prévoir,
Renversant notre barque, a trompé mon espoir.
Si par-là de mon feu l'espérance est frivole,
L'aimable paysanne aisément m'en console;
Et c'est une conquête assez pleine d'appas,
Qui, dans l'occasion, ne m'échappera pas.
Déjà, par cent douceurs, j'ai jeté dans son ame
Des dispositions à bien traiter ma flamme:
On se plaît à m'entendre; & je puis espérer
Qu'ici je n'aurai pas long-temps à soupirer.

SGANARELLE.

Ah! Monsieur, je frémis à vous entendre dire.
Quoi! des bras de la mort quand le ciel nous retire,
Au lieu de mériter, par quelque amandement,
Les bontés qu'il répand sur nous incessamment;
Au lieu de renoncer aux folles amourettes
Qui si déjà tant de fois.... Paix, coquin que vous êtes!
Monsieur fait ce qu'il fait; & vous ne savez, vous,
Ce que vous dites.

D. JUAN.

Ah! que vois-je auprès de nous?

SGANARELLE.

SGANARELLE.

'eſt-ce ?

D. JUAN.
Tourne les yeux, Sganarelle, & condamné
ſurpriſe où me met cette autre payſanne.
'où ſort-elle? Peut-on rien voir de plus charmant?
lle-ci vaut bien l'autre; & mieux.

SGANARELLE.
Aſſurément.

D. JUAN.
l faut que je lui parle.

SGANARELLE, à part.
Autre piece nouvelle.

D. JUAN, à Charlotte.
'agréable rencontre! Et d'où me vient, la belle,
'ineſpéré bonheur de trouver en ces lieux,
us cet habit ruſtique, un chef d'œuvre des cieux?

CHARLOTTE.
E! Monſieu....

D. JUAN.
Il n'eſt point un plus joli viſage.

CHARLOTTE.
onſieu..;:

D. JUAN.
Demeurez-vous, ma belle, en ce village?

CHARLOTTE.
si, Monſieu.

D. JUAN.
Votre nom?

CHARLOTTE.
Charlotte, à vous ſervir;

j'en étais capable.

D. JUAN.
Ah! je me ſens ravir.
'elle eſt belle, & qu'au cœur ſa vue eſt dangereuſe!
our moi....

CHARLOTTE.
Vous me rendez, Monſieu, toute honteuſe?

D. JUAN.
onteuſe, d'ouïr dire ici vos vérités!
narelle, as-tu vu jamais tant de beautés?
ournez-vous, s'il vous plaît. Que ſa taille eſt mignonne!
auſſez un peu la tête. Ah! l'aimable perſonne!
ette bouche.... ces yeux, ouvrez-les tout-à-fait:
'ils ſont beaux! Et vos dents? Il n'eſt rien ſi parfait?
es levres ont ſur-tout un vermeil que j'admire,
en ſuis charmé.

CHARLOTTE.
Monſieu, cela vous plaît à dire;
t je ne ſais ſi c'eſt pour vous railler de moi.

D. JUAN.
e railler de vous! Non: j'ai trop de bonne foi.
tde cette main plus blanche que l'ivoire,
arelle; peut-on....

CHARLOTTE.
Fi, Monſieu, al eſt noire

ot comme je n'ſais quoi.

D. JUAN.
Laiſſez-la moi baiſer.

CHARLOTTE.
eſt trop d'honneur pour moi, je n'orſais vous refuſer.
ai ſi j'euſ ſu tout ça, devant votre arrivée,
prſ avec du ſon je m'la ſerois lavée.

D. JUAN.

Vous n'êtes point encor mariée?

CHARLOTTE.

Oh! non pas;
Mais je dois biantôt l'être au fils du grand Lucas.
Il se nomme Piarrot; c'est ma tante Philipotte
Qui nous fait marier.

D. JUAN.

Quoi! vous, belle Charlotte,
D'un simple paysan être la femme? Non.
Il vous faut autre chose; & je crois tout de bon
Que le ciel m'a conduit exprès dans ce village,
Pour rompre cet injuste & honteux mariage;
Car enfin je vous aime; & , malgré les jaloux,
Pourvu que je vous plaise, il ne tiendra qu'à vous
Qu'on ne trouve moyen de vous faire paraître
Dans l'éclat des honneurs où vous méritez d'être.
Cet amour est bien prompt, je l'avouerai; mais quoi!
Vos beautés tout d'un coup ont triomphé de moi;
Et je vous aime autant, Charlotte, en un quart d'heure,
Qu'on aimerait un autre en six mois.

CHARLOTTE.

Oui?

D. JUAN.

Je meurs,
S'il est rien de plus vrai.

CHARLOTTE.

Monsieu, je voudrais bian
Que ça fût tou com'ça; car vous n'me dites rian
Qui n'me fasse assez z'aise, & j'aurais bian envie
De n'vous mécroire point; mais j'ai toute ma vie
Entendu dire à ceux qui savent bian c'que c'est,
Qu'i n'est point de Monsieu qui ne soit toujou prêt
A tromper queuque fille, à moins qu'ai n'y regarde.

D. JUAN.

Suis-je de ces gens-là? Non, Charlotte.

SGANARELLE.

Il n'a garde.

D. JUAN.

Le temps vous fera voir comme j'en veux user.

CHARLOTTE.

Aussi je n'voudrais pas me laisser abuser.
Voyez-vous! si j'sis pauvre & naïve au village,
J'ai d'l'honneur tout autant qu'on en ait à mon âge;
Et, pour tout l'or du monde, an n'me pourrait tenter;
Si j'pensais qu'en m'aimant l'an me l'voulût ôter.

D. JUAN.

Je voudrais vous l'ôter, moi? Ce soupçon m'offense.
Croyez que pour cela j'ai trop de conscience,
Et que, si vos appas m'ont su d'abord charmer,
Ce n'est qu'en tout honneur que je veux vous aimer;
Pour vous le faire voir, apprenez que dans l'ame
J'ai formé le dessein de vous faire ma femme,
J'en donne ma parole; & pour vous, au besoin,
L'homme que vous voyez en sera le témoin.

CHARLOTTE.

Vous m'voudriez épouser, moi?

D. JUAN.

Cela vous étonne?
Demandez au témoin que mon amour vous donne,
Il me connaît.

SGANARELLE, à Charlotte.

Très-fort. Ne craignez rien, allez,
Il vous épousera cent fois, si vous voulez,

en répondre.

D. JUAN.
Hé bien donc? pour le prix de ma flamme;
e consentez-vous pas à devenir ma femme?

CHARLOTTE.
I faudrait à ma tante en dire un petit mot,
Pour qu'al en fut contente; al en aime bian Piarrot.

D. JUAN.
Je dirai ce qu'il faut, & m'en rendrai le maître.
Touchez-là seulement, pour me faire connaître
Que, de votre côté, vous voulez bien de moi.

CHARLOTTE.
J'n'en veux que trop; mais vous?

D. JUAN.
Je vous donne ma foi;
Et deux petits baisers vous vont servir de gage....

SCENE IV.

LES PRÉCÉDENS, PIERROT dans le fond.

CHARLOTTE.
OH! Monsieu, attendez qu'jons fait le mariage,
Après ça, voyez-vous! je vous baiserai tant,
Que vous n'aurez qu'à dire.

D. JUAN.
Ah! me voilà content.
Tout ce que vous voulez, je le veux pour vous plaire;
Donnez-moi seulement votre main.

CHARLOTTE.
Pourquoi faire?

D. JUAN.
Il faut que cent baisers vous marquent l'intérêt....

PIERROT, s'approchant.
Tout doucement, Monsieu, tenez-vous, s'il vous plaît,
Vous pourriez, v-z-échauffant, gagner la pleurisie.

D. JUAN.
D'où cet impertinent nous vient-il?

PIERROT.
Oh! jarnie,
J'vous dis qu'où vous teniais, & qu'il n'est pas besoin
Qu'où veniais courtisé nos femmes de si loin.

D. JUAN, le poussant.
Ah! que de bruit!

PIERROT.
Margué, je n'nou z'émouvons guere;
Pour ce pousseus de gens.

CHARLOTTE.
Piarrot, laisse-le faire.

PIERROT.
Quement, que je l'laisse faire? Et je ne l'veux pas, moi.

D. JUAN.
Ah!

PIERROT.
Parc'qu'il est Monsieu, i s'en viendra, je croi,
Caresser à not'barbe ici no z'accordées.
Pargué, j'en sis d'avis que j'vou i'z'ayons gardées.
Allez v-z-en caresser lé vôtre.

D. JUAN, lui donnant plusieurs soufflets.
Hé!
Hé! margué,
Ne v-z-avisez pas trop de m'frapper, jarnigué;
Ventrigué! tatigué! voyez un peu la chance;
De v'nir battre les gens; C'n'est pas la récompense

C 2

De v-z'être allé tantôt sauvé d'être nayé.
J'vous devions laisser boire. I l'est bien employé.

CHARLOTTE.

Va, ne te fâche point, Piarrot.

PIERROT.

Oh! palsanguienne,
I m'plaît de me fâcher; & t'es une vilaine,
D'endurer qu'an t'cageole.

CHARLOTTE.

I me veut épouser;
Et tu n'te devrais pas si fort colérifer.
C'n'est pas c'que tu penf' dà.

PIERROT.

Jarni, tu m'es promise.

CHARLOTTE.

Ça n'y fait rian, Piarrot; tu n'm'as pas encor prise.
S'tu m'aimes comme i faut, s'ras-tu pas tout joyeux
De m'voir Madame?

PIERROT.

Non; j'aimerais cent fois mieux
Te voir crever qu'nan pas qu'un autre t'eût. Marguenne...;

CHARLOTTE.

Laiss'moi que je la fois, & n'te mets point en peine,
Je te ferai cheux nou z'apporter des œufs frais,
Du beurre....

PIERROT.

Palsangué, je n'en port'rai jamais,
Quand tu m'en f'rais poyer deux fois autant. Acoute,
C'est donc com'ça qu'tu fais? Si j'en eusse eu queuq' doute,
Je m's'rais bien empasché de le tirer de gliau,
Et j'li aurais baillé plutôt un chinfreniau,
D'un bon coup d'aviron sur la tête.

D. JUAN.

Hé?

PIERROT, *s'éloignant*.

Parsonne

N'me fait peur.

D. JUAN.

Attendez, j'aime assez qu'on raisonne.

PIERROT, *s'éloignant toujours*.

Je m'gobarg' de tout, moi.

D. JUAN.

Voyons un peu cela;

PIERROT.

J'en avois ben vû d'autre.

D. JUAN.

Ouais!

SGANARELLE.

Monfieur, laissez là
Ce pauvre diable; à quoi peut servir de le battre?
Vous voyez bien qu'il est obstiné comme quatre.
(*A Pierrot.*)
Va, mon pauvre garçon, va-t-en, retire-toi,
Et ne lui dis plus rien.

PIERROT.

Et j'li veux dire, moi.

D. JUAN, *donnant un soufflet à Sganarelle, croyant le donner à Pierrot qui se baisse.*

Ah! je vous apprendrai....

SGANARELLE.

Peste soit du maroufle!

D. JUAN, *à Sganarelle.*

Voilà ta charité!

PIERROT.
Je m'ris d' queuqu'vent qui souffle ;
(*A Charlotte.*)
t j'm'en vas à ta tante en lâcher quatre mots,
Laisse faire.   (*Il s'en va.*)

SCENE V.

CHARLOTTE, D. JUAN, SGANARELLE.

D. JUAN.

A la fin, il nous laisse en repos ;
Et je puis à la joie abandonner mon ame.
Que de ravissemens quand vous serez ma femme!
Sera-t-il un bonheur égal au mien?

SCENE VI.

CHARLOTTE, D. JUAN, MATHURINE, SGANARELLE.

SGANARELLE, *voyant Mathurine.*

AH! ah!
Voici l'autre.

MATHURINE, *à D. Juan.*
Monsieu, qu'est-c' don qu'vous faites-là?
Est-c'qu'vous parlez d'amour à Charlotte?

D. JUAN, *bas à Mathurine.*
Au contraire;
C'est qu'elle m'aime; & moi, comme je suis sincere,
Je lui dis que déjà vous possédez mon cœur.

CHARLOTTE, *bas à D. Juan.*
Qu'est-c' donc que vous veut là Mathurine?

D. JUAN, *bas à Charlotte.*
Elle a peur
Que je ne vous épouse; & je viens de lui dire
Que je vous l'ai promis.

MATHURINE.
Quoi! Charlotte, est-c' pour tite?

D. JUAN, *bas à Mathurine.*
Tout ce que vous dites ne servira de rien:
Elle me veut aimer.

CHARLOTTE.
Mathurine, est-il bien
D'empêcher que Monsieu....

D. JUAN, *bas à Charlotte.*
Vous voyez qu'elle enrage.

MATHURINE.
Oh! je n'empêche rien; il m'a déjà....

D. JUAN, *bas à Charlotte.*
Je gage
Qu'elle vous soutiendra qu'elle a reçu ma foi.

CHARLOTTE.
J'ne pensais pas.

D. JUAN, *bas à Mathurine.*
Gageons qu'elle dira de moi,
Que j'aurai fait serment de la prendre pour femme.

MATHURINE, *à Charlotte.*
Vous v'né un peu trop tard.

CHARLOTTE, *à Mathurine.*
Vous le dites.

MATHURINE.
Tredame,
Pourquoi me disputer?

CHARLOTTE.
Pis q'Monfieu me veut bian.

MATHURINE.
C'eft moi qui veut putôt.

CHARLOTTE.
Oh! pourtant j'n'en crois rian:

MATHURINE.
Il m'a vu la prumiere, & m'l'a dit; qu'i réponde.

CHARLOTTE.
Si v'z·a vu la prumiere, il m'a vu la feconde,
Et m'veut époufer.

MATHURINE.
Bon !...

D. JUAN, *bas à Mathurine.*
Hé! que vous ai·je dit?

MATHURINE.
C'eft moi qu'il épous'ra. Voyez le bel efprit!

D. JUAN, *bas à Charlotte.*
N'ai·je pas deviné? La folle! je l'admire.

CHARLOTTE.
Si j'n'avons pas raifon, le v'là qu'eft pour le dire,
Il fait notre querelle.

MATHURINE.
Oui, pis qu'i fait ç'qo'en eft,
Qu'il nous juge.

CHARLOTTE.
Monfieu, jugez·nous, s'il vous plaît.
La queule eft parmi nous....

MATHURINE.
Gageons qu'c'eft moi qu'il aime;
Vou z'allez voir.

CHARLOTTE.
Tant mieux; vou z'allez voir vous·même.

MATHURINE, *à D. Juan.*
Dites.

CHARLOTTE.
Parlez.

D. JUAN.
Comment! eft·ce pour vous moquer?
Quel befoin avez·vous de me faire expliquer?
A l'une de vous deux j'ai promis mariage,
J'en demeure d'accord, en faut·il davantage?
Et chacune de vous, dans un débat fi prompt,
Ne fait·elle pas bien comme les chofes vont?
Celle à qui je me fuis engagé, doit peu craindre
Ce que pour l'étonner l'autre s'obftine à feindre;
Et tous ces vains propos ne font qu'à méprifer,
Pourvu que je fois prêt toujours à l'époufer.
Qui va de bonne foi, hait les difcours frivoles.
J'ai promis des effets, laiffons·là les paroles;
C'eft par eux que je fonge à vous mettre d'accord;
Et l'on faura bientôt qui de vous deux a tort,
Puifqu'en me mariant je dois faire connaître
Pour laquelle l'amour dans mon cœur a fu naître.
(*Bas à Mathurine.*)
Laiffez·la fe flatter, je n'adore que vous,
(*Bas à Charlotte.*)
Ne la détrompez point, je ferai votre époux,
(*Bas à Mathurine.*)
Il n'eft charmes fi vifs que n'effacent les vôtres,
(*Bas à Charlotte.*)
Quand on a vu vos yeux, on n'en peut fouffrir d'autres,
(*Haut.*)
Une affaire me preffe, & je cours l'achever.
Adieu. Dans un moment je viens vous retrou er.

SCENE VII.

CHARLOTTE, SGANARELLE, MATHURINE.

CHARLOTTE.

C'est moi qui li plait mieux, au moins.

MATHURINE.

Pourtant, je pense
Que je l'épouserons.

SGANARELLE.

Je plains votre innocence,
Pauvres jeunes brebis, qui pour trop croire un fou,
Vous-mêmes vous jetez dans la gueule du loup!
Croyez-moi, toutes deux, ne soyez pas si promptes
A vous laisser ainsi duper par de beaux contes.
Songez à vos oisons, c'est le plus assuré.

SCENE VIII.

LES PRÉCÉDENS, D. JUAN.

D. JUAN, dans le fond du Théâtre.

D'où vient que Sganarelle est ici demeuré?

SGANARELLE.

Mon maître n'est qu'un fourbe; & tout ce qu'il débite,
Fadaise : il ne promet que pour aller plus vite.
Parlant de mariage, il cherche à vous tromper.
Il en épouse autant qu'il en peut attraper ;
Et.... (Appercevant D. Juan qui l'écoute.)
Cela n'est pas vrai; si l'on vient vous le dire,
Répondez hardiment qu'on se plait à médire ;
Que mon maître n'est fourbe en aucune action ;
Qu'il n'épouse jamais qu'à bonne intention ;
Qu'il n'abuse personne ; & que, s'il dit qu'il aime...;
Ah ! tenez, le voilà, sachez-le de lui-même.

D. JUAN, à Sganarelle.

Oui !

SGANARELLE.

Le monde est si plein, Monsieur, de médisans,
Que, comme on parle mal, surtout des courtisans,
Je leur faisais entendre à toutes deux, pour cause,
Que, si quelqu'un, de vous leur disait quelque chose,
Il fallait n'en rien croire ; & que de suborneur....

D. JUAN.

Sganarelle !...

SGANARELLE.

Oui, mon maître est un homme d'honneur ;
Je le garantis tel.

D. JUAN.

Hon !

SGANARELLE.

Ce seront des bêtes,
Ceux qui tiendront de lui des discours mal-honnêtes.

SCENE IX.

CHARLOTTE, LA RAMÉE, D. JUAN, SGANARELLE, MATHURINE.

LA RAMÉE, à D. Juan.

JE viens vous avertir, Monsieur, qu'ici pour vous
Il ne fait pas fort bon.

SGANARELLE.
Ah! Monsieur, sauvons-nous.
D. JUAN, *à la Ramée.*

Qu'est-ce?

LA RAMÉE.
Dans un moment doivent ici descendre
Douze hommes à cheval commandés pour vous prendre;
Ils ont dépeint vos traits à ceux qui me l'ont dit.
Songez à vous.

SCENE X.

CHARLOTTE, D. JUAN, SGANARELLE, MATHURINE.

SGANARELLE.
Pourquoi s'aller perdre à crédit?
Tirons-nous promptement, Monsieur.

D. JUAN.
Adieu, les belles;
Celle que j'aime aura demain de mes nouvelles.

MATHURINE, *s'en allant.*
C'est à moi qu'i promet, Charlotte.

CHARLOTTE, *s'en allant.*
Oh! c'est à moi.

SCENE XI.

D. JUAN, SGANARELLE.

D. JUAN.
Il faut céder: la force est une étrange loi.
Viens, pour ne risquer rien, usons de stratagème;
Tu prendras mes habits.

SGANARELLE.
Moi, Monsieur?

D. JUAN.
Oui, toi-même;

SGANARELLE.
Monsieur, vous vous moquez. Comment, sous vos habits,
M'aller faire tuer?

D. JUAN.
Tu mets la chose au pis.
Mais dis-moi, lâche, dis, quand cela devrait être,
N'est-on pas glorieux de mourir pour son maître?

SGANARELLE.
Serviteur à la gloire.

SCENE XII.

SGANARELLE, *seul.*
O Ciel fais qu'aujourd'hui
Sganarelle, en fuyant, ne soit pas pris pour lui.

Fin du second Acte.

ACTE III.

ACTE III.

SCENE PREMIERE.

SGANARELLE, habillé en Médecin, D. JUAN.

SGANARELLE.

Vous qu'au besoin j'ai l'imaginative
Plus prompte d'aller que personne qui vive.
Votre premier dessein n'étoit point à propos,
En ce déguisement j'ai l'esprit en repos.
Après tout, ces habits nous cachent l'un & l'autre
Beaucoup mieux qu'on n'eût pu me cacher sous le vôtre ;
J'en regardois le risque avec quelque souci ;
Tout franc, il me choquoit.

D. JUAN.

Te voilà bien ainsi.
Où diable as-tu donc pris ce grotesque équipage ?

SGANARELLE.

Il vient d'un médecin qui l'avoit mis en gage :
Quoique vieux, j'ai donné de l'argent pour l'avoir.
Mais, Monsieur, savez-vous quel en est le pouvoir ?
Il me fait saluer des gens que je rencontre,
Et passer pour docteur par-tout où je me montre,
Ainsi qu'un habile homme on me vient consulter.

D. JUAN.

Comment donc ?

SGANARELLE.

Mon savoir va bientôt éclater.
Déjà six paysans, autant de paysannes,
Accoutumés sans doute à parler à des ânes,
M'ont sur différens maux, demandé mon avis.

D. JUAN.

Et qu'as-tu répondu ?

SGANARELLE.

Moi ?

D. JUAN.

Tu t'es trouvé pris ?

SGANARELLE.

Pas trop. Sans m'étonner, de l'habit que je porte
J'ai soutenu l'honneur, & raisonné de sorte
Que, sur mon ordonnance, aucun d'eux n'a douté
Qu'il n'eût entre les mains un trésor de santé.

D. JUAN.

Et comment as-tu pu bâtir tes ordonnances ?

SGANARELLE.

Ma foi, j'ai ramassé beaucoup d'impertinences,
Mille casse, opium, rhubarbe, & cætera,
Tout par drachme ; & le mal aille comme il pourra,
Que m'importe ?

D. JUAN.

Fort bien. Ce que tu viens de dire
Me réjouit.

SGANARELLE.

Et si, pour vous faire mieux rire,
Par hasard, (car enfin, quelquefois, que sait-on ?)
Mes malades venoient à guérir ?

D. JUAN.

Pourquoi non ?

D

Les autres médecins que les sages méprisent,
Doivent-ils moins que toi dans tout ce qu'ils nous disent ?
Et, pour quelques grands mots que nous n'entendons pas,
Ont-ils aux guérisons plus de part que tu n'as ?
Crois-moi, tu peux comme eux, quoiqu'on s'en persuade,
Profiter, s'il avient, du bonheur du malade,
Et voir attribuer au seul pouvoir de l'art
Ce qu'avec la nature aura fait le hasard....

SGANARELLE.

Oh ! jusqu'où vous poussez votre humeur libertine !
Je ne vous croyais pas impie en médecine.

D. JUAN.

Il n'est point parmi nous d'erreur plus grande.

SGANARELLE.

                    Quoi !
Pour un art tout divin vous n'avez point de foi !
La casse, le séné, ni le vin émétique....

D. JUAN.

La peste soit le sot !

SGANARELLE.

            Vous êtes hérétique,
Monsieur. Songez-vous bien quel bruit, depuis un temps,
Fait le vin émétique ?

D. JUAN.

        Oui, pour certaines gens.

SGANARELLE.

Ses miracles par-tout ont vaincu les scrupules ;
Leur force a converti jusqu'aux plus incrédules :
Et, sans aller plus loin, moi qui vous parle, moi,
J'en ai vu des effets si surprenant....

D. JUAN.

        En quoi ?

SGANARELLE.

Tout peut être allé, si sa vertu se nie.
Depuis six jours un homme était à l'agonie,
Les plus experts docteurs n'y connaissaient plus rien,
Il avait mis à bout la médecine.

D. JUAN.

        Hé bien ?

SGANARELLE.

Recours à l'émétique il en prend pour leur plaire ;
Soudain....

D. JUAN.

    Le grand miracle ! Il réchappe ?

SGANARELLE.

                    Au contraire,
Il en meurt.

D. JUAN.

    Merveilleux moyen de le guérir !

SGANARELLE.

Comment ! depuis six jours il ne pouvait mourir ;
Et, dès qu'il en a pris, le voilà qui trépasse ;
Vit-on jamais remède avoir plus d'efficace ?

D. JUAN.

Tu raisonnes fort juste.

SGANARELLE.

        Il est vrai, cet habit
Sur le raisonnement m'inspire de l'esprit ;
Et si, sur certains points où je voudrais vous mettre,
La dispute....

D. JUAN.

    Une fois je veux te le permettre.

SGANARELLE.

Jurez en médecine autant qu'il vous plaira,

seule faculté s'en scandalisera :
je suis le reste, là, que le cœur se déploie.
Me croyez-vous ?

D. JUAN.
Je crois ce qu'il faut que je croie.

SGANARELLE.
Oui ; parlons doucement & sans nous échauffer.
Ciel…

D. JUAN.
Laissons cela….

SGANARELLE.
C'est fort bien dit. L'enfer….

D. JUAN.
Laissons cela, te dis-je.

SGANARELLE.
Il n'est pas nécessaire
De vous expliquer mieux, votre réponse est claire.
Malheur si l'esprit fort s'y trouvait oublié !
Voilà ce que vous sert d'avoir tant étudié ;
Temps perdu. Quant à moi, personne ne peut dire
Que l'on m'ait rien appris ; je sais à peine lire,
Et j'ai de l'ignorance à fond ; mais, franchement,
Avec mon petit sens, mon petit jugement,
Je vois, je comprends mieux ce que je dois comprendre,
Que vos livres jamais ne pourraient me l'apprendre.
Ce monde où je me trouve, & ce soleil qui luit,
Sont-ce des champignons venus en une nuit ?
Se sont-ils fait tout seuls ! Cette masse de pierre
Qui s'élève en rochers, ces arbres, cette terre,
Ce Ciel planté là haut, est-ce que tout cela
S'est bâti de soi-même ? Et, vous, seriez-vous là
Sans votre pere, à qui le sien fut nécessaire
Pour devenir le vôtre ! Ainsi, de pere en pere,
Allant jusqu'au premier, qui veut-on qui l'ait fait,
Ce premier ! Et dans l'homme, ouvrage si parfait,
Tous ces os agencés l'un dans l'autre, cette ame,
Ces veines, ce poumon, ce cœur, ce foie…. Oh ! dame,
Parlez à votre tour comme les autres font ;
Je ne puis disputer, si l'on ne m'interrompt.
Vous vous taisez exprès, & c'est belle malice.

D. JUAN.
Ton raisonnement charme, & j'attends qu'il finisse.

SGANARELLE.
Mon raisonnement est, Monsieur, quoi qu'il en soit,
Que l'homme est admirable en tout, & qu'on y voit
Certains ingrédiens, que, plus on les contemple,
Moins on peut expliquer. D'où vient que…. Par exemple,
N'est-il pas merveilleux que je sois ici, moi,
Et qu'en la tête, là, j'aie un je ne sais quoi,
Qui fait qu'en un moment, sans en savoir les causes,
Je pense, s'il le faut, cent différentes choses,
Et ne me mêle point d'ajuster les ressorts
Que ce je ne sais quoi fait mouvoir dans mon corps !

SCENE II.

LÉONOR, dans le fond, D. JUAN, SGANARELLE.

SGANARELLE, continuant.
Je veux lever un doigt, deux, trois, la main entiere,
Aller à droite, à gauche, en avant, en arriere….

D. JUAN, apercevant Léonor au fond du théâtre.
Ah ! Sganarelle, vois. Peut-on sans s'étonner….

SGANARELLE.
Voilà ce qu'il vous faut, Monsieur, pour raisonner.
Vous n'êtes point muet, en voyant une belle.

D. JUAN.
Celle-ci me ravit.

SGANARELLE.
Vraiment!

D. JUAN.
Que cherche-t-elle?

SGANARELLE.
Vous devriez déjà l'être allé demander.

D. JUAN, à Léonor.
Quel bien plus grand le ciel pourrait-il m'accorder?
Présenter à mes yeux dans un lieu si sauvage,
La plus belle personne....

LÉONOR.
Oh! point, Monsieur.

D. JUAN.
Je gage
Que vous n'avez encor que quatorze ans au plus.

SGANARELLE, bas à D. Juan.
C'est comme il vous les faut.

LÉONOR.
Quatorze ans! Je les eus
Le dernier de Juillet.

SGANARELLE, bas à part.
O ma pauvre innocente!

D. JUAN.
Mais que cherchiez-vous là?

LÉONOR.
Des herbes pour ma tante;
C'est pour faire un remède, elle en prend très-souvent.

D. JUAN.
Veut-elle consulter un homme fort savant?
Monsieur est médecin.

LÉONOR.
Ce serait-là sa joie.

SGANARELLE, d'un ton grave.
Où son mal lui tient-il? Est-ce à la tête, au foie?

LÉONOR.
Sous des arbres assise, elle prend l'air là-bas;
Allons le savoir d'elle.

D. JUAN.
Hé! ne nous pressons pas.

(à Sganarelle.)
Qu'elle est propre à causer une flamme amoureuse

LÉONOR.
Il faudra que je sois pourtant Religieuse.

D. JUAN.
Ah! quel meurtre! Et d'où vient? Est-ce que vous avez
Tant de vocation?

LÉONOR.
Pas trop; mais vous savez
Qu'on menace une fille; & qu'il faut sans murmure....

D. JUAN.
C'est cela qui vous tient?

LÉONOR.
Et puis, ma tante assure
Que je ne sois point propre au mariage.

D. JUAN.
Vous?
Elle se moque, allez, faites choix d'un époux.
Je vous garantis, moi, s'il faut que j'en réponde,
Propre à vous marier plus que fille du monde.

COMEDIE.

Monſieur le médecin s'y connaît ; & je veux
Que lui-même....

SGANARELLE, lui ſerrant le poux.

Voyez. Le cas n'eſt point douceur.
Mariez-vous ; il faut vous mettre deux enſemble,
Sinon, il vous viendra mal-encombre.

LÉONOR.

Ah ! je tremble.
Et quel mal eſt-ce là que vous nommez ?

SGANARELLE.

Un mal
Qui conſume en ſix mois l'humide radical,
Mal terrible, affligeant, vaporeux.

LÉONOR.

Je ſuis morte.

SGANARELLE.

Mal, ſurtout qui s'augmente au Couvent.

LÉONOR.

Il m'importe ;
On ne laiſſera pas de m'y mettre.

D. JUAN.

Et pourquoi ?

LÉONOR.

A cauſe de ma ſœur qu'on aime plus que moi ;
On la mariera mieux, quand on n'aura plus qu'elle.

D. JUAN.

Vous êtes pour cela trop aimable & trop belle,
Non, je ne puis ſouffrir cet excès de rigueur ;
Et, dès demain, pour faire enrager votre ſœur,
Je veux vous épouſer : en ſerez-vous contente ?

LÉONOR.

Hé ! mon Dieu ! n'allez pas en rien dire à ma tante.
Si-tôt que du couvent elle voit que je ris,
Deux ſoufflets me ſont ſûrs ; & ce ſerait bien pis
Si vous alliez pour moi parler de mariage.

D. JUAN.

Hé bien ! marions-nous en ſecret : je m'engage,
Puiſqu'elle vous mal-traite, à vous mettre en état
De ne rien craindre d'elle.

SGANARELLE.

Et par un bon contrat ;
Ce n'eſt point à demi que Monſieur fait les choſes.

D. JUAN.

J'avais, pour fuir l'hymen, d'aſſez preſſantes cauſes ;
Mais, pour vous faire entrer au couvent malgré vous,
Savoir qu'à la menace on ajoute les coups,
C'eſt un acte inhumain, dont je me rends coupable,
Si je ne vous épouſe.

SGANARELLE.

Il eſt fort charitable.
Voyez ! ſe marier, pour vous ôter l'ennui
D'être religieuſe ! attendez tout de lui.

LÉONOR.

Si j'oſais m'aſſurer....

SGANARELLE.

C'eſt une bagatelle,
Que ce qu'il vous promet. Sa bonté naturelle
Va ſi loin, qu'il eſt prêt, pour faire crève aux coups,
D'épouſer, s'il le faut, votre tante avec vous.

LÉONOR.

Ah ! qu'il n'en faſſe rien ; elle eſt ſi dégoûtante...;
Mais moi, ſuis-je aſſez belle....

D. JUAN.

Ah ciel ! toute charmante.

Quelle douceur pour moi de vivre sous vos loix !
Non, ce qui fait l'hymen n'est point de votre choix,
J'en suis trop convaincu ; je vous connais à peine,
Et, tout à coup, je cède à l'amour qui m'entraîne.

LÉONOR.

Je voudrais qu'il fût vrai ; car ma tante, & la peur
Que me fait le courrous....

SGANARELLE.

Ah ! connaissez mon cœur.
Voulez-vous que ma foi, pour preuve indubitable,
Vous fasse le serment le plus épouvantable ?
Que le ciel....

LÉONOR.

Je vous crois, ne jurez point.

D. JUAN.

Hé bien ?

LÉONOR.

Mais, pour nous marier, sans que l'on en sût rien,
Si la chose pressait, comment faudrait-il faire ?

D. JUAN.

Il faudrait avec moi venir chez un notaire,
Signer le mariage ; &, quand tout sera fait,
Nous laisserions gronder votre tante.

SGANARELLE.

En effet,
Quand une chose est faite, elle n'est pas à faire.

LÉONOR.

Oh ! ma tante & ma sœur seront bien en colère ;
Car j'aurai, pour ma part, plus de vingt mille écus :
Bien des gens me l'ont dit.

D. JUAN.

Vous me rendez confus.
Pensez-vous que ce soit votre bien qui m'engage ?
Ce sont les agrémens de ce charmant visage ;
Cette bouche, ces yeux ; enfin, soyez à moi,
Et je renonce au reste.

SGANARELLE.

Il est de bonne foi.
Vos écus sont pour lui des beautés peu touchantes.

LÉONOR.

J'ai dans le bourg voisin une de mes parentes
Qui veut qu'on me marie, & qui m'a toujours dit,
Que, si quelqu'un m'aimait....

D. JUAN.

C'est avoir de l'esprit.

LÉONOR.

Elle enverrait chercher de bon cœur le notaire.
Si nous allions chez elle ?

D. JUAN.

Hé bien ! il le faut faire.
Me voilà prêt, allons.

LÉONOR.

Mais quoi ! seule avec vous ?

D. JUAN.

Venir avec que moi, c'est suivre votre époux,
Est-ce un scrupule à faire, après la foi promise ?

LÉONOR.

Pas trop, mais j'ai toujours....

D. JUAN.

Vous verrez ma franchise.

LÉONOR.

Du moins....

SCENE III.

THERESE, LÉONOR, D. JUAN, SCANARELLE.

D. JUAN.
Par où faut-il vous mener?
LÉONOR.
Par ici.
Mais quel malheur!
D. JUAN.
Comment?
LÉONOR.
Ma tante que voici....
D. JUAN, *bas à part.*
Le fâcheux contre-temps! Qui diable nous l'amène?
SCANARELLE, *à part.*
Ma foi, c'en était fait sans cela.
D. JUAN.
Quelle peine!
LÉONOR.
Sans rien dire, venez m'attendre ici ce soir;
Je m'y rendrai.
THERESE, *à Léonor.*
Vraiment! j'aime assez à vous voir,
Impudente! il vous faut parler avec des hommes!
SCANARELLE, *à Thérèse*
Vous ne savez pas bien, Madame, qui nous sommes.
LÉONOR.
Est-ce faire du mal quand c'est à bonne fin?
Ce Monsieur-là m'a dit qu'il était médecin;
Et je lui demandais, si pour guérir votre asthme,
Il ne savait pas....
SCANARELLE.
Oui, j'ai certain cataplasme,
Qui posé lorsqu'on tombe en suffocation,
Facilite aussi-tôt la respiration.
THERESE.
Hé! mon Dieu! là-dessus j'ai vu les plus habiles,
Leurs remèdes me sont remèdes inutiles.
SCANARELLE.
Je le crois. La plupart des plus grands médecins
Ne sont bons qu'à venir visiter des bassins;
Mais pour moi, qui vais droit au souverain dictame,
Je guéris de tous maux, & je voudrais, Madame,
Que votre asthme vous tint du haut jusques au bas,
Trois jours mon cataplasme, il n'y paraîtrait pas.
THERESE.
Hélas! que vous feriez une admirable cure!
SCANARELLE.
Je parle hardiment, mais ma parole est sûre.
Demandez à Monsieur. Outre l'asthme, il avait
Un boître au côté qui toujours s'élevait.
Du diaphragme impur l'humeur trop réunie
Le mettait tous les ans, dix fois à l'agonie;
En huit jours je vous ai balayé tout cela,
Nettoyé l'impur, &.... Regardez, le voilà
Aussi frais, aussi plein de vigueur énergique,
Que s'il n'avait jamais eu tache d'asthmatique.
THERESE.
Son teint est frais, sans doute, & d'un vif éclairant.
SCANARELLE.
Çà, voyons votre pouls. Il est intermittent;
La palpitation du poumon s'y désire.

THERESE.

Quelquefois....

SGANARELLE.

Votre langue. Elle n'est pas tant sotte.
En dessous levez-là. L'asthme y paraît marqué.
Ah! si mon cataplasme était vite appliqué....

THERESE.

Où donc l'applique-t-on?

SGANARELLE, *lui parlant avec action, pour l'empêcher de voir que D. Juan entretient tout bas Léonor.*

Tout droit sur la partie
Où la force de l'asthme est la plus départie.
Comme l'obstruction se fait de ce côté,
Il faut autant qu'on peut, la mettre en liberté;
Car, selon que d'abord la chaleur restingente
A pu se ramasser, la partie est souffrante,
Et laisse à respirer le conduit plus étroit.
Or est-il que le chaud ne vient jamais du froid:
Par conséquent, si-tôt, que, dans une famille,
Vous voyez que le mal prend cours....

THERESE, *à Léonor.*
Petite fille,
Passez de ce côté.

SGANARELLE, *continuant.*
Ne différez jamais.

D. JUAN, *bas à Léonor.*
Vous viendrez donc ce soir!

LÉONOR,
Oui, je vous le promets.

SGANARELLE.

A vous cataplasmer commencez de bonne heure.
En quel lieu faites-vous ici votre demeure!

THERESE.

Vous voyez ma maison.

SGANARELLE, *tirant sa tabatière.*
Dans trois heures d'ici,
Prenez dans un œuf frais de cette poudre-ci;
Et, du reste du jour ne parlez à personne.
Voilà, jusqu'à demain, ce que je vous ordonne;
Je ne manquerai pas à me rendre chez vous.

THERESE.

Venez, vous faites seul mon espoir le plus doux:
Allons, petite fille, aidez-moi.

LÉONOR.
Çà, ma tante.

SCENE IV.

SGANARELLE, D. JUAN.

SGANARELLE.

Qu'en dites-vous, Monsieur!

D. JUAN.
La rencontre est plaisante.

SGANARELLE.

M'érigeant en docteur, j'ai là, fort à propos,
Pour abuser la tante, était de grands mots.

D. JUAN.

Où diable as-tu pêché ce jargon!

SGANARELLE.
Laissez faire.
J'ai servi quelque temps chez un apothicaire.
S'il faut jaser encor, je suis médecin né.

Mais

Mais ce tabac en poudre à la vieille donné ?

D. JUAN.

Sa nièce est fort aimable, & doit ici se rendre,
Quand le jour....

SGANARELLE.

Quoi ! Monsieur, vous l'y viendriez attendre ?

D. JUAN.

Oui, sans doute.

SGANARELLE.

Et de-là, vous, l'épouseur banal,
Vous irez lui passer un écrit nuptial ?

D. JUAN.

Souffrir, faute d'un mot, qu'elle échappe à ma flamme !

SGANARELLE.

Quel diable de métier ! Toujours femme sur femme !

D. JUAN.

En vain pour moi ton zele y voit de l'embarras,
Les femmes n'en font point.

SGANARELLE.

Je ne vous comprends pas.
Mille gens, dont je vois par-tout qu'on se contente,
En ont souvent trop d'une, & vous en prenez trente ?

D. JUAN.

Je ne me pique pas aussi de les garder ;
Le grand nombre, en ce cas, pourrait m'incommoder.

SGANARELLE.

Pourquoi ? Vous en seriez un serrail. Mais je tremble.
Quel cliquetis, Monsieur ! Ah !

D. JUAN.

Trois hommes ensemble
En attaquant un seul ! il faut le secourir.

SCENE V.

SGANARELLE, seul.

Voila l'humeur de l'homme. Où s'en va-t-il courir ?
S'aller faire échiner, sans qu'il soit nécessaire !
Quels grands coups il allonge ! il faut le laisser faire.
Le plus sûr cependant est de m'aller cacher.
S'il a besoin de moi, qu'il vienne me chercher.

SCENE VI.

D. CARLOS, D. JUAN.

D. CARLOS.

Ces voleurs par leur fuite, ont assez fait connaitre
Qu'où votre bras se montre on n'ose plus paraître ;
Et je ne puis nier qu'à cet heureux secours,
Si je respire encor, je ne doive mes jours.

D. JUAN.

J'ai fait ce que vous-même auriez fait en ma place ;
Et prendre ce parti contre leur lâcheté,
Etait plutôt devoir que générosité.
Mais d'où vous êtes-vous attiré leur poursuite ?

D. CARLOS.

Je m'étais, par malheur, écarté de ma suite ;
Ils m'ont rencontré seul ; & mon cheval tué
A leur infame audace a fort contribué.
Sans vous, j'étais perdu.

D. JUAN.

Vous allez à la ville ?

E

D. CARLOS.

Non; certains intérêts....

D. JUAN.

Vous peut-on être utile?

D. CARLOS.

Cette offre met le comble à ce que je vous dois,
Une affaire d'honneur, très-sensible pour moi,
M'oblige, dans ces lieux, à tenir la campagne.

D. JUAN.

Je suis à vous, souffrez que je vous accompagne.
Mais puis-je demander, sans me rendre indiscret,
Quel outrage reçu....

D. CARLOS.

Ce n'est plus un secret;
Et je ne dois songer dans le bruit de l'offense,
Qu'à faire promptement éclater ma vengeance.
Une sœur qu'au couvent j'avais fait élever,
Depuis quatre ou cinq jours s'est laissé enlever:
Un Don Juan Giron est l'auteur de l'injure;
Il a pris cette route, au moins on m'en assure,
Et je viens l'y chercher sur ce que j'en ai su.

D. JUAN.

Et le connaissez-vous?

D. CARLOS.

Je ne l'ai jamais vu.
Mais j'amène avec moi des gens qui le connaissent:
Et par ses actions, telles qu'elles paraissent,
Je crois, sans passion, qu'il peut être permis....

D. JUAN.

N'en dites point de mal; il est de mes amis.

D. CARLOS.

Après un tel aveu, j'aurais tort d'en rien dire:
Mais, lorsque mon honneur à la vengeance aspire,
Malgré cette amitié, j'ose espérer de vous....

D. JUAN.

Je sais ce que se doit un si juste courroux;
Et pour vous épargner des peines inutiles,
Quels que soient vos desseins, je les rendrai faciles,
Si d'aimer Don Juan je ne puis m'empêcher,
C'est sans avoir servi jamais à le cacher:
D'un enlèvement fait avecque trop d'audace,
Vous demandez raison; il faut qu'il vous la fasse.

D. CARLOS.

Et comment me la faire?

D. JUAN.

Il est homme de cœur:
Vous pouvez là-dessus consulter votre honneur.
Pour se battre avec vous, quand vous aurez su prendre
Le lieu, l'heure, & le jour, il viendra vous attendre:
Vous répondre de lui, c'est vous en dire assez.

D. CARLOS.

Cette assurance est douce à des cœurs offensés.
Mais je vous avouerai que, vous devant la vie,
Je ne puis, sans douleur, vous voir de la partie.

D. JUAN.

Une telle amitié nous a joint jusqu'ici,
Que, s'il se bat, il faut que je me batte aussi;
Notre union le veut.

D. CARLOS.

Et ce dont je soupire.
Faut-il, quand je vous dois le jour que je respire,
Que j'aie à me venger, & qu'il vous soit permis
D'aimer le plus mortel de tous mes ennemis!

SCENE VII.

ALONSE, D. CARLOS, D. JUAN.

ALONSE, à un valet.

Fais boire nos chevaux, & que l'on vous attende.
Par où donc.... Mais, ô ciel? que ma surprise est grande!

D. CARLOS, à Alonse.

D'où vient qu'ainsi sur nous vos regards attachés....

ALONSE.

Voilà votre ennemi, celui que vous cherchez.
Don Juan.

D. CARLOS.

Don Juan!

D. JUAN.

Oui, je renonce à feindre :
L'avantage du nombre est peu pour m'y contraindre.
Je suis ce Don Juan, dont le trépas juré....

ALONSE, à D. Carlos.

Voulez-vous....

D. CARLOS.

Arrêtez. M'étant seul égaré,
Des lâches m'ont surpris, & je lui dois la vie,
Qui, par eux, sans son bras, m'auroit été ravie.
Don Juan, vous voyez, malgré tout mon courroux
Que je vous rends le bien que j'ai reçu de vous ;
Jugez par-là du reste : & si de mon offense,
Pour payer un bienfait, je suspends la vengeance,
Croyez que ce délai ne fera qu'augmenter
Le vif ressentiment que j'ai fait éclater.
Je ne demande point qu'ici, sans plus attendre,
Vous preniez le parti que vous avez à prendre :
Pour m'acquitter vers vous, je veux bien vous laisser,
Quoi que vous résolviez, le loisir d'y penser.
Sur l'outrage reçu, qu'en vain on voudroit taire,
Vous savez quels moyens peuvent me satisfaire :
Il en est de sanglans, il en est de plus doux ;
Voyez-les, consultez, le choix dépend de vous :
Mais enfin, quel qu'il soit, souvenez-vous, de grace,
Qu'il faut que mon affront par Don Juan s'efface,
Que ce seul intérêt m'a conduit en ce lieu,
Que vous m'avez pour lui donné parole. Adieu.

ALONSE, à D. Carlos.

Quoi! Monsieur....

D. CARLOS, à Alonse.

Suivez-moi.

ALONSE.

Faut-il....

D. CARLOS.

Notre querelle
Se doit vuider ailleurs.

SCENE VIII.

D. JUAN, seul.

Hola, ho, Sganarelle.

SCENE IX.

D. JUAN, SGANARELLE.

SGANARELLE, *derriere le théâtre.*

Qui va là?

D. JUAN.

Viendras-tu?

SGANARELLE, *derriere le théâtre.*

Tout à l'heure. (*Entré.*)
Ah! c'est vous.

D. JUAN.

Coquin! quand je me bats, tu te sauves des coups?

SGANARELLE.

J'étais allé, Monsieur, ici près d'où j'arrive.
Cet habit est, je crois, de vertu purgative;
Le porter, c'est autant qu'avoir pris...

D. JUAN.

Effronté!
D'un voile honnête, au moins, couvre ta lâcheté.

SGANARELLE.

D'un vaillant homme mort la gloire se publie :
Mais j'en fais moins de cas que d'un poltron en vie.

D. JUAN.

Sais-tu pour qui mon bras vient de s'employer?

SGANARELLE.

Non.

D. JUAN.

Pour un frere d'Elvire.

SGANARELLE.

Un frere! Tout de bon?

D. JUAN.

J'ai regret de nous voir ainsi brouillés ensemble;
Il paraît honnête homme.

SGANARELLE.

Ah! Monsieur, il me semble
Qu'en rendant un peu plus de justice à sa sœur....

D. JUAN.

Ma passion pour elle est usée en mon cœur;
Et les objets nouveaux le rendent si sensible,
Qu'avec l'engagement il est incompatible.
D'ailleurs ayant pris femme en vingt lieux différens,
Tu sais pour le secret les détours que je prends :
A ne point éclater toutes je les engage;
Et si l'une en public avait quelqu'avantage,
Les autres parleraient, & tout serait perdu.

SGANARELLE.

Vous pourriez bien alors, Monsieur, être pendu.

D. JUAN.

Maraud!

SGANARELLE.

Je vous entends; il serait plus honnête,
Pour mieux vous ennoblir, qu'on vous coupât la tête;
Mais c'est toujours mourir.

D. JUAN, *voyant un tombeau sur lequel est une statue.*

Quel ouvrage nouveau
Vois-je paraître ici?

SGANARELLE.

Bon! Et c'est le tombeau
Où votre Commandeur, qui pour lui le fit faire,
Grace à vous, gît plutôt qu'il n'était nécessaire.

D. JUAN,

On ne m'avait pas dit qu'il fût de ce côté.
Allons le voir.

SGANARELLE.
Pourquoi cette civilité ?
Laissons-le là, Monsieur ; aussi-bien, il me semble
Que vous ne devez pas être trop bien ensemble.

D. JUAN.
C'est pour faire la paix que je cherche à le voir ;
Et, s'il est galant homme, il doit nous recevoir.
Entrons.

SGANARELLE.
Ah ! que ce marbre est beau ! Ne lui déplaise,
Il s'est là, pour un mort, logé fort à son aise.

D. JUAN.
J'admire cette aveugle & sotte vanité.
Un homme, en son vivant, se sera contenté
D'un bâtiment fort simple, & le visionnaire
En veut un tout pompeux, quand il n'en a que faire.

SGANARELLE.
Voyez-vous sa statue, & comme il tient sa main ?
Parbleu, le voilà bon en Empereur Romain.
Il me fait quasi peur. Quels regards il nous jette !
C'est pour nous obliger, je pense, à la retraite.
Sans doute qu'à nous voir il prend peu de plaisir.

D. JUAN.
Si de venir dîner il avait le loisir,
Je le régalerais. De ma part, Sganarelle,
Va l'en prier.

SGANARELLE.
Lui ?

D. JUAN.
Cours.

SGANARELLE.
La prière est nouvelle.
Un mort ! Vous moquez-vous ?

D. JUAN.
Fais ce que je t'ai dit.

SGANARELLE.
Le pauvre homme, Monsieur, a perdu l'appétit.

D. JUAN.
Si tu n'y vas....

SGANARELLE.
J'y vais. Que faut-il que je dise ?

D. JUAN.
Que je l'attends chez moi.

SGANARELLE.
Je ris de ma sottise :
Mais mon maître le veut. Monsieur le Commandeur,
Don Juan voudrait bien avoir chez lui l'honneur
De vous faire un régal : y viendrez-vous ?

LA STATUE baisse la tête.

SGANARELLE, tombant sur les genoux, s'écrie :
A l'aide.

D. JUAN.
Qu'est-ce ? Qu'as-tu ? Dis donc.

SGANARELLE.
Je suis mort sans remède.
La Statue....

D. JUAN.
Hé bien ! quoi ? Que veux-tu dire ?

SGANARELLE.
Hélas !
La Statue....

D. JUAN.
Enfin donc, tu ne parleras pas?
SGANARELLE.
Je parle, & je vous dis, Monsieur, que la statue....
D. JUAN.
Encor?
SGANARELLE.
Sa tête....
D. JUAN.
Hé bien?
SGANARELLE.
Vers moi s'est abattue.
Elle m'a fait....
D. JUAN.
Coquin!
SGANARELLE.
Si je ne vous dis vrai,
Vous pouvez lui parler pour en faire l'essai.
Peut-être....
D. JUAN.
Viens, maraud, puisqu'il faut que j'en tie,
Viens être convaincu de ta poltronnerie;
Prends garde. Commandeur, te rendras-tu chez moi?
Je t'attends à dîner.
LA STATUE *baisse encore la tête.*
SGANARELLE.
Vous en tenez, ma foi.
Voilà mes esprits forts qui ne veulent rien croire,
Disputons à présent, j'ai gagné la victoire.
D. JUAN, *après avoir rêvé un moment.*
Allons, sortons d'ici.
SGANARELLE.
Sortons: je vous promets,
Quand j'en serai dehors, de n'y rentrer jamais.

Fin du troisieme Acte.

ACTE IV.

SCENE PREMIERE.

SGANARELLE, D. JUAN.
D. JUAN.
Cesse de raisonner sur une bagatelle.
Un faux rapport des yeux n'est pas chose nouvelle;
Et souvent il ne faut qu'une simple vapeur,
Pour faire ce qu'en toi j'imputais à la peur:
La vue en est troublée, & je tiens ridicule....
SGANARELLE.
Quoi! là-dessus encor vous êtes incrédule?
Et ce que nos yeux, de ces yeux que voilà,
Tous deux nous avons vu, vous le démentez? Là,
Traitez-moi d'ignorant, d'impertinent, de bête,
Il n'est rien de plus vrai que ce signe de tête;
Et je ne doute point que, pour vous convertir,
Le ciel, qui de l'enfer cherche à vous garantir,
N'ait rendu tout exprès ce dernier témoignage.
D. JUAN.
Écoute: s'il t'échappe un seul mot davantage

Sur tes moralités, je vais faire venir
Quatre hommes des plus forts, te bien faire tenir,
Afin qu'un nerf de bœuf à loisir te réponde
M'entends-tu? dis.

SGANARELLE.
Fort bien, Monsieur, le mieux du monde.
Vous vous expliquez net, c'est-là ce qui me plaît.
D'autres ont des détours qu'on ne sait ce que c'est;
Mais vous, en quatre mots que vous faites entendre,
Vous dites tout, rien n'est si facile à comprendre.

D. JUAN.
Qu'on me fasse dîner le plutôt qu'on pourra.
Un siège.

SCENE II.

RAGOTIN, D. JUAN, SGANARELLE.

SGANARELLE, à Ragotin.
VA savoir quand Monsieur dînera;
Dépêche.

SCENE III.

LA VIOLETTE, D. JUAN, SGANARELLE.

D. JUAN, à la Violette.
QUe veut-on?

LA VIOLETTE.
C'est Monsieur votre père.

SCENE IV.

D. JUAN, SGANARELLE.

D. JUAN.
AH! que cette visite était peu nécessaire!
Quels contes de nouveau me vient-il débiter?
Qu'il a de temps à perdre!

SGANARELLE.
Il le faut écouter.

SCENE V.

D. LOUIS, D. JUAN, SGANARELLE.

D. LOUIS.
MA présence vous choque; & je vois que, sans peine,
Vous pourriez vous passer d'un père qui vous gêne.
Tous deux, à dire vrai, par plus d'une raison,
Nous nous incommodons d'une étrange façon;
Et si vous êtes las d'ouïr mes remontrances,
Je suis bien las aussi de vos extravagances.
Ah! que d'aveuglement, quand raisonnant en sont,
Nous voulons que le ciel soit moins sage que nous;
Quand, sur ce qu'il connaît qui nous est nécessaire,
Nos imprudens désirs ne le laissent pas faire,
Et qu'à force de vœux nous tâchons d'obtenir
Ce qui nous est donné souvent pour nous punir!
La naissance d'un fils fut ma plus forte envie;

Mes souhaits en faisaient tout le bien de ma vie;
Et ce fils que j'obtiens, est fléau rigoureux
De ces jours que par lui je croyais rendre heureux.
De quel œil, dites-moi, pensez-vous que je vois
Ces commerces honteux qui seuls font votre joie;
Ce scandaleux amas de viles actions
Qu'entassent chaque jour vos folles passions;
Ce long enchaînement de méchantes affaires,
Où du Prince peut vous les graces nécessaires
Ont épuisé déjà tout ce qu'auprès de lui
Mes services pouvaient m'avoir acquis d'appui?
Ah! fils, indigne fils! Quelle est votre bassesse,
D'avoir de vos aïeux démenti la noblesse!
D'avoir osé ternir, par tant de lâchetés,
Le glorieux éclat du sang dont vous sortez;
De ce sang que l'histoire en mille endroits renomme!
Et qu'avez-vous donc fait pour être gentilhomme?
Si ce titre ne peut vous être contesté,
Pensez-vous avoir droit d'en tirer vanité,
Et qu'il ait rien en vous qui puisse être estimable,
Quand vos déréglemens l'y rendent méprisable?
Non, non, de nos aïeux on a beau faire cas,
La naissance n'est rien où la vertu n'est pas;
Aussi nous ne pouvons avoir part à leur gloire,
Qu'autant que nous faisons honneur à leur mémoire.
L'éclat que leur conduite a répandu sur nous,
Des mêmes sentimens nous doit rendre jaloux;
C'est un engagement dont rien ne nous dispense,
De marcher sur les pas qu'a tracé leur prudence,
D'être à les imiter attachés, prompts, ardens,
Si nous voulons passer pour leurs vrais descendans.
Ainsi de ces héros que nos histoires louent,
Vous descendez en vain, lorsqu'ils vous désavouent,
Et que ce qu'ils ont fait d'illustre & de grand,
N'a pu de votre cœur leur en être garant:
Loin d'être de leur sang, loin que l'on vous en compte,
L'éclat n'en rejaillit sur vous qu'à votre honte;
Et c'est comme un flambeau qui, devant vous porté,
Fait de vos actions mieux voir l'indignité.
Enfin, si la noblesse est un précieux titre,
Sachez que la vertu doit en être l'arbitre;
Qu'il n'est point de grands noms qui, sans elle obscurcis....

D. JUAN.

Monsieur, vous seriez mieux, si vous parliez assis.

D. LOUIS.

Je ne veux pas m'asseoir, insolent. J'ai beau dire,
Ma remontrance est vaine, & tu n'en fais que rire;
C'est trop. Si jusqu'ici dans mon cœur, malgré moi,
La tendresse d'un pere a combattu pour toi,
Je l'étouffe; aussi-bien il est temps que j'efface
La honte de te voir déshonorer ma race,
Et qu'arrêtant le cours de tes déréglemens,
Je prévienne du ciel les justes châtimens:
J'en mourrai; mais je dois mon bras à sa colere.

SCENE VI.

D. JUAN, SCANARELLE.
D. JUAN

Mourez, quand vous voudrez, il ne m'importe guere.
Ah! que, sur ce jargon, qu'à toute heure j'entends,

Les peres font fâcheux qui vivent trop long-temps!

SGANARELLE.

Monfieur....

D. JUAN.

Quelle fottife à moi quand je l'écoute!

SGANARELLE.

Vous avez tort.

D. JUAN.

J'ai tort?

SGANARELLE.

Hé!

D. JUAN.

J'ai tort?

SGANARELLE.

Oui, fans doute;
Vous avez très-grand tort de l'avoir écouté
Avec tant de douceur & tant d'honnêteté.
Le chaffant au milieu de fa fotte harangue,
Vous lui deviez apprendre à mieux régler fa langue.
A-t-on jamais rien vu de plus impertinent?
Un pere, contre un fils, faire l'entreprenant;
Lui venir dire au nez que l'honneur le convie
A mener dans le monde une louable vie;
Le faire fouvenir qu'étant d'un noble fang,
Il ne devrait rien faire indigne de fon rang!
Les beaux enfeigcemens! C'eft bien ce que doit fuivre
Un homme tel que vous, qui fait comme il faut vivre;
De votre patience on fe doit étonner.
Pour moi, je vous l'aurais envoyé promener.

SCENE VII.

D. JUAN, LA VIOLETTE, SGANARELLE.

LA VIOLETTE, à D. Juan.

Votre marchand eft là, Monfieur.

D. JUAN.

Qui?

LA VIOLETTE.

Ce grand homme,

Monfieur Dimanche.

SGANARELLE.

Pefte! un créancier affomme.
De quoi s'avife-t-il d'être fi diligent
A venir chez les gens demander de l'argent?
Que ne lui difais-tu que Monfieur dine en ville?

LA VIOLETTE.

Vraiment oui! c'eft un homme à croire bien facile!
Malgré ce que j'ai dit, il a voulu s'affeoir
Là-dedans pour l'attendre.

SGANARELLE.

Hé bien! jufques au foir

Qu'il y demeure.

D. JUAN.

Non; fais qu'il entre, au contraire.

SCENE VIII.

D. JUAN, SGANARELLE.

D. JUAN.

JE ne tarderai pas long-temps à m'en défaire.
Lorfque des créanciers cherchent à nous parler,

E

Je trouve qu'il est mal de se faire celer.
Leurs visites ayant une fort juste cause,
Il les faut tout au moins payer de quelque chose ;
Et, sans leur rien donner, je ne manque jamais
A les faire de moi retourner satisfaits.

SCENE IX.

D. JUAN, M. DIMANCHE, SGANARELLE, LAQUAIS.

D. JUAN.

Bon jour, Monsieur Dimanche. Hé ! que ce m'est de joie
De pouvoir.... Ne souffrez jamais qu'on vous renvoie.
J'ai bien grondé mes gens, qui sans doute ont eu tort
De n'avoir pas voulu vous faire entrer d'abord,
Ils ont ordre aujourd'hui de n'ouvrir à personne,
Mais ce n'est pas pour vous que cet ordre se donne ;
Et vous êtes en droit, quand vous venez chez moi,
De n'y trouver jamais rien de fermé.

M. DIMANCHE.
Je crois,

Monsieur, qu'il....

D. JUAN.
Les coquins ! Voyez, laissez attendre
Monsieur Dimanche seul ! Oh ! je leur veux apprendre
A connaître les gens.

M. DIMANCHE.
Cela n'est rien.

D. JUAN.
Comment !
Quand je suis dans ma chambre, oser effrontément
Dire à Monsieur Dimanche, au meilleur....

M. DIMANCHE.
Sans colere,

Monsieur ; une autrefois ils craindront de le faire.
J'étais venu....

D. JUAN.
Jamais ils ne font autrement.
Çà, pour Monsieur Dimanche un siége promptement.

M. DIMANCHE.
Je suis dans mon devoir.

D. JUAN.
Debout ! Que je l'endure !

Non, vous serez assis.

M. DIMANCHE.
Monsieur, je vous conjure.

D. JUAN, *à Sganarelle.*

Apportez.

(Sganarelle apporte un tabouret.)
D. JUAN, *à M. Dimanche.*
Je vous aime ; & je vous vois d'un œil....
(à Sganarelle.)
Otez ce tabouret, & donnez un fauteuil.

M. DIMANCHE.
Je n'ai garde, Monsieur, de....

D. JUAN.
Je le dis encore,
Au point que je vous aime, & que je vous honore,
Je ne souffrirai point qu'on mette entre nous deux
Aucune différence.

M. DIMANCHE.
Ah ! Monsieur,

D. JUAN.
Je le veux.

Allons, asseyez-vous.

M. DIMANCHE.
Comme le temps empire....

D. JUAN.

Mettez-vous là.

M. DIMANCHE.
Monsieur, je n'ai qu'un mot à dire.
J'étais....

D. JUAN.
Mettez-vous là, vous dis-je.

M. DIMANCHE.
Je sais bien.

D. JUAN.

Non, si vous n'êtes là, je n'écouterai rien.

M. DIMANCHE, *s'asseyant dans un fauteuil.*

C'est pour vous obéir. Sans le besoin extrême....

D. JUAN.

Parbleu, Monsieur Dimanche, avouez-le vous-même,
Vous vous portez bien.

M. DIMANCHE.
Oui, mieux, depuis quelques mois,

Que je ne l'avais fait. Je suis....

D. JUAN.
Plus je vous vois,

Plus j'admire sur vous certain vif qui s'épanche.
Quel teint !

M. DIMANCHE.

Je viens, Monsieur....

D. JUAN.
Et Madame Dimanche,

Comment se porte-t-elle ?

M. DIMANCHE.
Assez bien, Dieu merci.

Je viens vous....

D. JUAN.
Du ménage elle a tout le souci ;

C'est une brave femme.

M. DIMANCHE.
Elle est votre servante.

J'étais....

D. JUAN.
Elle a tout lieu d'avoir l'âme contente.

Que ses enfans sont beaux ! La petite Louison,
Hem ?

M. DIMANCHE.
C'est l'enfant gâté, Monsieur, de la maison.

Je....

D. JUAN.
Rien n'est si joli.

M. DIMANCHE.
Monsieur, je....

D. JUAN.
Que je l'aime !

Et le petit Colin, est-il encor de même ?
Fait-il toujours grand bruit avecque son tambour ?

M. DIMANCHE.

Oui, Monsieur ; on en est étourdi tout le jour.
Je venais....

D. JUAN.
Et Brusquet, est-ce à son ordinaire ?

L'aimable petit chien, pour ne pouvoir se taire !
Mord-il toujours les gens aux jambes ?

F 2

M. DIMANCHE.
A ravir.
C'eſt pis que ce n'était : nous n'en ſaurions chevir ;
Et, quand il ne voit pas notre petite fille....
D. JUAN.
Je prends tant d'intérêt en toute la famille,
Qu'on doit peu s'étonner ſi je m'informe ainſi
De tout l'un après l'autre.
M. DIMANCHE.
Oh ! je vous compte auſſi
Parmi ceux qui nous font....
D. JUAN.
Allons donc, je vous prie,
Touchez, Monſieur Dimanche.
M. DIMANCHE.
Ah !
D. JUAN.
Mais, ſans raillerie,
M'aimez-vous un peu ? Là.
M. DIMANCHE.
Très-humble ſerviteur.
D. JUAN.
Parbleu, je ſuis à vous auſſi de tout mon cœur.
M. DIMANCHE.
Vous me rendez confus. Je....
D. JUAN.
Pour votre ſervice,
Il n'eſt rien qu'avec joie en tout temps je ne fiſſe.
M. DIMANCHE.
C'eſt trop d'honneur pour moi. Mais, Monſieur, s'il vous plait,
Je viens pour....
D. JUAN.
Et cela ſans aucun intérêt ;
Croyez-le.
M. DIMANCHE.
Je n'ai point mérité cette grace.
Mais,...
D. JUAN.
Servir mes amis n'a rien qui m'embarraſſe.
M. DIMANCHE.
Si vous....
D. JUAN.
Monſieur Dimanche, oh ! çà, de bonne foi,
Vous n'avez point diné ; dinez avecque moi :
Vous voilà tout porté.
M. DIMANCHE.
Non, Monſieur ; une affaire
Me rappelle chez nous, & m'y rend néceſſaire.
D. JUAN, *ſe levant.*
Vite, allons, ma caleche.
M. DIMANCHE.
Ah ! c'eſt trop de moitié.
D. JUAN.
Dépêchons.
M. DIMANCHE.
Non, Monſieur.
D. JUAN.
Vous n'irez point à pied.
M. DIMANCHE.
Monſieur, j'y vais toujours.
D. JUAN.
La réſiſtance eſt vaine ;
Vous m'êtes venu voir, je veux qu'on vous remene.

M. DIMANCHE.

J'avais là....

D. JUAN.

Tenez-moi pour votre serviteur.

M. DIMANCHE.

Je voulais....

D. JUAN.

Je le suis, & votre débiteur.

M. DIMANCHE.

Ah! Monsieur.

D. JUAN.

Je n'en fais un secret à personne,
Et de ce que je dois j'ai la mémoire bonne.

M. DIMANCHE.

Si vous me....

D. JUAN.

Voulez-vous que je descende en bas?
Que je vous reconduise?

M. DIMANCHE.

Ah! je ne le veux pas.

Mais....

D. JUAN.

Embrassez-moi donc. C'est d'une amitié pure,
Qu'une seconde fois ici je vous conjure
D'être persuadé qu'envers & contre tous
Il n'est rien qu'au besoin je ne fisse pour vous.

SCENE X.

M. DIMANCHE, SGANARELLE.

SGANARELLE.

Vous avez, en Monsieur, un ami véritable,
Un....

M. DIMANCHE.

De civilités il est vrai qu'il m'accable;
Et j'en suis si confus, que je ne sais comment
Lui pouvoir demander ce qu'il me doit.

SGANARELLE.

Vraiment!
Quand on parle de vous, il ne faut que l'entendre.
Comme lui, tous ses gens ont pour vous le cœur tendre;
Et, pour vous le montrer, ah! que ne vous vient-on
Donner quelque nasarde, ou des coups de bâton!
Vous verriez de quel air....

M. DIMANCHE.

Je le crois, Sganarelle.
Mais, pour lui, mille écus sont une bagatelle;
Et deux mots dits par vous....

SGANARELLE.

Allez, ne craignez rien;
Vous en dût-il vingt mille, il vous les paierait bien.

M. DIMANCHE.

Mais vous, vous me devez aussi pour votre compte.

SGANARELLE.

Fi, parler de cela! N'avez-vous point de honte?

M. DIMANCHE.

Comment!

SGANARELLE.

Ne sais-je pas que je vous dois?

M. DIMANCHE.

Si tous....

SGANARELLE.

Allez, Monsieur Dimanche; on vous attend chez vous.

M. DIMANCHE.

Mais mon argent?

SGANARELLE.

Hé bien! je dois; qui doit s'oblige.

M. DIMANCHE.

Je veux....

SGANARELLE.

Ah!

M. DIMANCHE.

J'entends....

SGANARELLE.

Bon!

M. DIMANCHE.

Mais....

SGANARELLE.

Fi.

M. DIMANCHE.

Je....;

SGANARELLE.

Fi, vous dis-je.

SCENE XI.

SGANARELLE, D. JUAN.

SGANARELLE.

Nous en voilà défaits.

D. JUAN.

Et fort civilement.

A-t-il lieu de s'en plaindre?

SGANARELLE.

Il auraît tort. Comment!...

D. JUAN.

N'ai-je pas....

SGANARELLE.

Ceux qui font les fautes, qu'ils les boivent.

Est-ce aux gens comme vous à payer ce qu'ils doivent?

D. JUAN.

Qu'on sache si bientôt le diner sera prêt.

SCENE XII.

ELVIRE, D. JUAN, SGANARELLE.

D. JUAN.

Quoi! vous ancor, Madame; en deux mots, s'il vous plait;

J'ai hâte.

ELVIRE.

Dans l'ennui dont mon ame est atteinte,

Vous craignez ma douleur, mais perdez cette crainte.

Je ne viens pas ici pleine de ce courroux

Que je n'ai que trop fait éclater devant vous.

Par un premier hymen une autre vous possede,

On m'a tout éclairci, c'est un mal sans remede;

Et je me ferais tort de vouloir disputer

Ce que contre les lois je ne puis emporter.

J'ai sans doute à rougir, malgré mon innocence,

D'avoir cru mon amour avec tant d'imprudence,

Qu'en vous donnant la main j'ai reçu votre foi,

Sans voir si vous étiez en pouvoir d'être à moi.

Ce deſſein avait beau me ſembler téméraire,
Je cherchais le ſecret, par la crainte d'un frere ;
Et le tendre penchant qui me fit tout oſer,
Sur vos ſermens trompeurs ſervit à m'abuſer.
Le crime eſt pour vous ſeul, puiſqu'enfin éclaircie,
Je ſonge à ſatisfaire à ma gloire noircie ;
Et que, ne vous pouvant conſerver pour époux,
J'éteins la folle ardeur qui m'attachait à vous :
Non qu'un juſte remords l'étouffe dans mon ame,
Jaſques à n'y laiſſer aucun reſte de flamme ;
Mais ce reſte n'eſt plus qu'un amour épuré ;
C'eſt un feu dont pour vous mon cœur eſt éclairé,
Un feu purgé de tout, une ſainte tendreſſe,
Qu'au commerce des ſens nul déſir n'intéreſſe,
Qui n'agit que pour vous.

SGANARELLE, *pleurant.*

Ah !

D. JUAN, *à part à Sganarelle.*

Tu pleures, je croit

Ton cœur eſt attendri.

SGANARELLE.

Monſieur, pardonnez-moi.

ELVIRE.

C'eſt ce parfait amour qui m'engage à vous dire
Ce qu'aujourd'hui le ciel pour votre bien m'inſpire,
Ce ciel, dont la bonté cherche à vous ſecourir,
Prêt à choir dans l'abyme où je vous vois courir.
Oui, Don Juan, je ſais par quel amas de crimes,
Vos peines qu'il réſout lui ſemblent légitimes :
Et je viens, de ſa part, vous dire que, pour vous,
Sa clémence a fait place à ſon juſte courroux ;
Que las de vous attendre, il tient la foudre prête,
Qui, depuis ſi long-temps, menace votre tête ;
Qu'il eſt encore en vous, par un prompt repentir,
De trouver les moyens de vous en garantir ;
Et que, pour éviter un malheur ſi funeſte,
Ce jour, ce jour peut-être eſt le ſeul qui vous reſte.

SGANARELLE, *pleurant.*

Monſieur !

ELVIRE.

Pour moi, qui ſors de mon aveuglement,
Je n'ai plus pour la terre aucun attachement :
Ma retraite eſt conclue ; & c'eſt-là que, ſans ceſſe,
Mes larmes tâcheront d'effacer ma faibleſſe ;
Heureuſe, ſi je puis, par mon auſtérité,
Obtenir le pardon de ma crédulité !
Mais, dans cette retraite où l'on meurt à ſoi-même,
J'aurais, je vous l'avoue, une douleur extrême,
Qu'un homme, à qui j'ai cru pouvoir innocemment
De mes plus tendres vœux donner l'empreſſement,
Devint, par un revers aux méchans redoutable,
Des vengeances du ciel l'exemple épouvantable.

SGANARELLE, *pleurant.*

Monſieur, encore un coup. . . .

ELVIRE.

De grace, accordez-moi
Ce que doit mériter l'état où je me vois.
Votre ſalut fait ſeul mes plus fortes alarmes ;
Ne le refuſez point à mes vœux, à mes larmes ;
Et, ſi votre intérêt ne vous ſaurait toucher,
Au crime, en ma faveur, daignez vous arracher,
Et m'épargner l'ennui d'avoir pour vous à craindre
Le courroux que jamais le ciel ne laiſſe éteindre.

SGANARELLE, *à part.*

La pauvre femme !

ELVIRE.

Enfin, si le faux nom d'époux
M'a fait tout oublier pour vivre toute à vous ;
Si je vous ai fait voir la plus forte tendresse
Qui jamais d'un cœur noble ait été la maîtresse,
Tout le prix que j'en veux, c'est de vous voir songer
Au bonheur que pour vous je tâche à ménager.

SGANARELLE, *bas à part.*

Cœur de tigre !

ELVIRE.

Voyez que tout est périssable.
Examinez la peine infaillible au coupable ;
Et de votre salut faites-vous une loi,
Ou pour l'amour de vous, ou pour l'amour de moi.
C'est à ce but qu'il faut que tous vos désirs tendent,
Et ce que de nouveau mes larmes vous demandent.
Si ces larmes font peu, j'ose vous en presser
Par tout ce qui jamais vous put intéresser.
Après cette prière, adieu, je me retire.
Songez à vous, c'est tout ce que j'avais à dire.

D. JUAN.

J'ai fort prêté l'oreille à ce pieux discours.
Madame, avecque moi demeurez quelques jours ;
Peut être, en me parlant, vous me toucherez l'ame.

ELVIRE.

Demeurer avec vous n'étant point votre femme !
Je vous ai découvert de grandes vérités,
Don Juan ; craignez tout, si vous n'en profitez.

SCENE XIII.

D. JUAN, SGANARELLE, *Suite.*

SGANARELLE.

LA laisser partir sans....

D. JUAN.

Sais-tu bien, Sganarelle,
Que mon cœur s'est encor presque senti pour elle ?
Ses larmes, son chagrin, sa résolution,
Tout cela m'a fait naître un peu d'émotion :
Dans son air languissant je l'ai trouvée aimable.

SGANARELLE.

Et tout ce qu'elle a dit n'a point été capable....

D. JUAN.

Vite à dîner.

SGANARELLE.

Fort bien !

D. JUAN.

Pourquoi me regardet ?
Va, va, je vais bientôt songer à m'amender.

SGANARELLE.

Ma foi, n'en riez point ; rien n'est si nécessaire
Que de se convertir.

D. JUAN.

C'est ce que je veux faire.
Encor vingt ou trente ans des plaisirs les plus doux,
Toujours en joie, & puis nous penserons à nous.

SGANARELLE.

voilà des libertins l'ordinaire langage :
Mais la mort....

D JUAN.

Hé?

SGANARELLE.

Qu'on serve. Ah! bon, Monsieur; courage!
Grande chere, tandis que nous nous portons bien.
(Il prend un morceau dans un des plats qu'on apporte, & le met dans sa bouche.)

D. JUAN.

Quelle enflure est-ce-là? Parle, dis, qu'as-tu?

SGANARELLE.

Rien.

D. JUAN.

Attends, montre. Sa joue est toute contrefaite.
C'est une fluxion. Qu'on cherche une lancette.
Le pauvre garçon! Vite; il faut l'échourir?
Si cet abscès tentait, il en pourrait mourir;
Qu'on le perce, il est mûr. Ah! coquin que vous êtes!
Vous osez donc....

SGANARELLE.

Ma foi, sans chercher de défaites,
Je voulais voir, Monsieur, si votre cuisinier
N'avait point trop poivré ce ragoût, le dernier
L'était en diable; aussi vous n'en mangeâtes guere.

D. JUAN.

Puisque la faim te presse, il faut la satisfaire.
Fais-toi donner un siege, & mange avecque moi;
Aussi-bien, cela fait, j'aurai besoin de toi,
Mets-toi là.

SGANARELLE, *prenant un siege.*

Volontiers; j'y tiendrai bien ma place.

D. JUAN.

Mange donc.

SGANARELLE.

Vous serez content de votre grace,
Vous m'avez fait partir sans déjeûner; ainsi
J'ai l'appétit, Monsieur, bien ouvert, Dieu merci.

D. JUAN.

Je le vois.

SGANARELLE.

Quand j'ai faim, je mange comme trente.
Tâtez-moi de cela, la sausse est excellente.
Si j'avais ce chapon, je le menerais loin.
(à la Violette qui vient lui donner une assiette blanche.)
Tout doux, petit compere, il n'en est pas besoin;
Rengainez. Ventrebleu! pour lever les assiettes,
Vous êtes bien soigneux d'en présenter de nettes.
Et vous, Monsieur Picard, tré de compliment,
Je n'ai point encor soif.

D. JUAN.

Va, dine promtemt.

SGANARELLE.

C'est bien dit.

D. JUAN.

Chante-moi quelque chanson à boire.

SGANARELLE.

Bientôt, Monsieur, laissons travailler la mâchoire.
Quand j'aurai dit trois mots à chacun de ces plats,

SCENE XIV.

Les Précédens, LA STATUE DU COMMANDEUR.

LA STATUE DU COMMANDEUR, *en dehors, frappe à la porte.*

SCENE XV.

D. JUAN, SGANARELLE, *Suite.*

SGANARELLE.

Qui diable frappe ainfi ?

D. JUAN, *à un laquais.*
Dis que je n'y fuis pas.

SGANARELLE.
Attendez, j'aime mieux l'aller dire moi-même.
(*Il va, ouvre la porte, & revient précipitamment en donnant les fignes du plus grand effroi.*)

Ah! Monfieur!

D. JUAN.
Quoi?

SGANARELLE.
Je fuis mort.

D. JUAN.
Veux-tu pas t'expliquer?

SGANARELLE.
Du faifeur de.... Tantôt vous penfiez vous moquer.
Avancez; il eft là: c'eft lui qui vous demande.

D. JUAN.
Allons le recevoir.

SGANARELLE.
Si j'y vais, qu'on me pende.

D. JUAN.
Quoi! d'un rien ton courage eft fi-tôt abattu?

SGANARELLE.
Ah! pauvre Sganarelle, où te cacheras-tu?

SCENE XVI.

D. JUAN, LA STATUE *du Commandeur*, SGANARELLE, *Suite.*

D. JUAN, *à fa fuite.*
(*Au Commandeur.*)

Une chaife, un couvert. Je te fuis redevable
D'être fi ponctuel.

(*à Sganarelle.*)
Viens te remettre à table.

SGANARELLE.
J'ai mangé comme un chancre, & je n'ai plus de faim.

D. JUAN, *au Commandeur.*
Si de t'avoir ici j'euffe été plus certain,
Un repas mieux réglé t'aurait marqué mon zele.
A boire. A ta fanté, Commandeur: Sganarelle,
Je te la porte. Allons, qu'on lui donne du vin.
Bois.

SGANARELLE.
Je ne bois jamais, quand il eft fi matin.

D. JUAN.
Chante; le Commandeur te voudra bien entendre.

SGANARELLE.

Je suis trop enrhumé.

LA STATUE, à D. Juan.

Laisse-le s'en défendre.

C'en est assez, je suis content de ton repas.

Le temps fuit, la mort vient, & tu n'y penses pas.

D. JUAN.

Ces avertissemens me sont peu nécessaires.

Chantons ; une autre fois nous parlerons d'affaires.

LA STATUE.

Peut-être une autre fois tu le voudras trop tard :

Mais, puisque tu veux bien en courir le hasard,

Dans mon tombeau, ce soir, à souper je t'engage,

Promets-moi d'y venir ; auras-tu ce courage ?

D. JUAN.

Oui, Sganarelle & moi nous irons.

SGANARELLE.

Moi ? non pas.

D. JUAN, à Sganarelle.

Poltron !

SGANARELLE.

Jamais par jour je ne fais qu'un repas.

LA STATUE, à la porte à D. Juan.

A lieu.

D. JUAN.

Jusqu'à ce soir.

LA STATUE.

Je t'attends.

SCENE XVII.

D. JUAN, SGANARELLE, Suits.

SGANARELLE, à part.

Misérable!

Où me veut-il mener ?

D. JUAN.

J'irai, fût-ce le diable :

Je veux voir comme on est régalé chez les morts.

SGANARELLE.

Tout cent coups de bâton que n'en fais-je dehors !

Fin du quatrieme Acte.

ACTE V.

SCENE PREMIERE.

D. LOUIS, D. UAN, SGANARELLE.

D. LOUIS.

Ne m'abusez-vous point ! & serait-il possible

Que votre cœur, ce cœur si long-temps inflexible,

Si long-temps en aveugle, au crime abandonné,

Eût rompu les liens dont il fut enchaîné ?

Qu'un pareil changement me va causer de joie !

Mais, encore une fois, faut-il que je le croie ?

Et se peut-il qu'enfin le ciel m'ait accordé

Ce qu'avec tant d'ardeur j'ai toujours demandé ?

D. JUAN.

Oui, Monsieur, ce retour, dont j'étais si peu digne,
Nous est de ses bontés un témoignage insigne.
Je ne suis plus ce fils, dont les lâches désirs
N'eurent pour seul objet que d'infames plaisirs.
Le ciel, dont la clémence est pour moi sans seconds,
M'a fait voir tout à coup les vains abus du monde ;
Tout à coup de sa voix l'attrait victorieux
A pénétré mon ame & dessillé mes yeux ;
Et je vois, par l'effet dont sa grace est suivie,
Avec autant d'horreurs les taches de ma vie,
Que j'eus d'emportement pour tout ce que mes sens
Trouvaient à me flatter d'appas éblouissans.
Quand j'ose rappeler l'excès abominable
Des désordres honteux dont je me sens coupable,
Je frémis, & m'étonne, en m'y voyant courir,
Comme le ciel a pu si long-temps me souffrir,
Comme cent & cent fois il n'a pas sur ma tête
Lancé l'affreux carreau qu'aux méchans il apprête.
L'amour qui tint pour moi son courroux suspendu,
M'apprend à ses bontés quel sacrifice est dû ;
Il l'attend, & ne veut que ce cœur infidelle,
Ce cœur jusqu'à ce jour à ses ordres rebelle.
Enfin, (& vos soupirs l'ont sans doute obtenu,)
De mes égaremens me voilà revenu.
Plus de remise, il faut qu'aux yeux de tout le monde,
A mes folles erreurs mon repentir réponde ;
Que j'efface, en changeant mes criminels désirs,
L'empressement fatal que j'eus pour les plaisirs ;
Et tâche à réparer, par une ardeur égale,
Ce que mes passions ont causé de scandale :
C'est à quoi tous mes vœux aujourd'hui sont portés ;
Et je devrais beaucoup, Monsieur, à vos bontés,
Si, dans le changement où ce retour m'engage,
Vous me daignez choisir quelque saint personnage,
Qui me servant de guide, ait soin de me montrer
A bien suivre la route où je m'en vais entrer.

D. LOUIS.

Ah ! qu'aisément un fils trouve le cœur d'un pere
Prêt, au moindre remords, à calmer sa colere !
Quels que soient les chagrins que par vous j'ai reçus,
Vous vous en repentez, je ne m'en souviens plus.
Tout vous porte à gagner cette grande victoire,
L'intérêt du salut, celui de votre gloire,
Combattez, & surtout ne vous relâchez pas.
Mais, dans cette campagne, où s'adressent vos pas ?
J'ai sorti de la ville exprès pour une affaire,
Où, dès hier, ma présence était fort nécessaire ;
Et j'ai voulu marcher un moment au retour.
Mon carrosse m'attend à ce premier détour,
Venez.

D. JUAN.

Non ; aujourd'hui souffrez-moi l'avantage
D'un peu de solitude au prochain hermitage ;
C'est-là que retiré, loin du monde & du bruit,
Pour m'offrir mieux au ciel, je veux passer la nuit :
Ma peine y finira : tout ce qui m'en peut faire
Dans ce détachement qui m'est si nécessaire
C'est que, pour mes plaisirs, je me suis fait prêter
Des sommes que je suis hors d'état d'acquitter :
Faute de rendre, il est des gens qui me maudissent,
Qui font....

D. LOUIS.

Que là-dessus vos scrupules saisissent :
Je payerai tout, mon fils ; & prétends, de mon bien,
Vous donner....

D. JUAN.

Ah ! pour moi, je ne demande rien.
Pourvu que par mes pleurs mes fautes réparées....

D. LOUIS.

O consolations ! Douceurs inespérées !
Tous mes vœux sont enfin heureusement remplis ;
Grace aux bontés du ciel, j'ai retrouvé mon fils ;
Il se rend à la voix qui vers lui le rappelle.
Je cours à votre mere en porter la nouvelle.
Adieu, prenez courage, &, si vous persistez,
N'attendez plus que joie & que prospérités.

SCENE II.

D. JUAN, SGANARELLE.

SGANARELLE, en pleurant.

Monsieur !

D. JUAN.

Qu'est-ce ?

SGANARELLE.

Ah !

D. JUAN.

Comment ! tu pleures ?

SGANARELLE.

C'est de joie

De vous voir embrasser enfin la bonne voie :
Jamais encor, je crois, je n'en ai tant senti.
Ah ! quel plaisir ce m'est de vous voir converti !
Le ciel a bien pour vous exaucé mon envie.
Franchement, vous meniez une diable de vie ;
Mais à tout pécheur, grace ; il n'en faut plus parler.
L'hermitage est-il loin où vous voulez aller ?

D. JUAN.

Hé ?

SGANARELLE.

Serait-ce là-bas, vers cet endroit sauvage ?

D. JUAN.

Peste soit du benêt avec son hermitage !

SGANARELLE.

Pourquoi ? Frere Pacôme est un homme de bien ;
Et je crois qu'avec lui vous ne perdriez rien.

D. JUAN.

Parbleu, tu me ravis. Quoi ! tu me crois sincere
Dans un conte forgé pour attraper mon pere ?

SGANARELLE.

Comment ? vous ne.... Monsieur, c'est.... Où donc allons-nous ?

D. JUAN.

La belle de tantôt m'a donné rendez-vous :
Voici l'heure, & j'y vais ; c'est-là mon hermitage.

SGANARELLE.

(à part.)

La retraite sera méritoire. Ah ! j'enrage.

D. JUAN.

Elle est jolie, oui.

SGANARELLE.

Mais l'aller chercher si loin !

D. JUAN.

Elle m'a touché l'âme; &, s'il était besoin,
Pour ne la manquer pas, j'irais jusques à Rome.

SGANARELLE, à part.

Belle conversion! Ah! quel homme! quel homme!
(Haut.)
Vous l'attendez en vain, elle ne viendra pas.

D. JUAN.

Je crois qu'elle viendra, moi.

SGANARELLE, à part.

Tant pis.

D. JUAN.

En tout cas,
Ma peine au rendez-vous ne sera point perdue;
C'est où du Commandeur on a mis la Statue:
Il nous a conviés à souper; on verra
Comment, s'il nous reçoit, il s'en acquittera.

SGANARELLE.

Souper avec un mort tué par vous?

D. JUAN.

N'importe.
J'ai promis; sur la peur ma promesse l'emporte.

SGANARELLE.

Et si la belle vient, & se laisse emmener?

D. JUAN.

Oh! ma foi, la Statue ira se promener.
Je préfère à tout mort une jeune vivante.

SGANARELLE.

Mais voir une Statue & mouvante & parlante,
N'est-ce pas....

D. JUAN.

Il est vrai, c'est quelque chose; en vain
Je ferais là-dessus un jugement certain;
Pour ne s'y point méprendre, il en faut voir la suite.
Cependant, si j'ai feint de changer de conduite,
Si j'ai dit que j'allais me déchirer le cœur,
D'une vie exemplaire embrasser la rigueur;
C'est un pur stratagème, un ressort nécessaire,
Par où ma politique, éblouissant mon père,
Me va mettre à couvert de divers embarras,
Dont sans lui, mes amis ne me tireraient pas:
Si l'on m'en inquiète, il obtiendra ma grâce.
Tu vois comme déjà ma première grimace
L'a porté de lui-même à se vouloir charger
Des dettes dont par lui je me vais dégager.

SGANARELLE.

Mais n'étant point dévot, par quelle effronterie
De la dévotion faire une momerie?

D. JUAN.

Il est des gens de bien, & vraiment vertueux;
Tout méchant que je suis, j'ai du respect pour eux:
Mais, si l'on n'en peut trop élever les mérites,
Parmi ces gens de bien il est mille hypocrites,
Qui ne se contrefont que pour en profiter;
Et, pour mes intérêts, je veux les imiter.

SGANARELLE, à part.

Ah! quel homme! quel homme!

D. JUAN.

Il n'est rien si commode.
Vois-tu! L'hypocrisie est un vice à la mode;
Et quand de ses couleurs un vice est revêtu,
Sous l'appui de la mode, il passe pour vertu.
Sur tout ce qu'à joué il est des personnages,

Celui d'homme de bien a de grands avantages;
C'est un art grimacier dont les détours flatteurs
Cachent, sous un beau voile, un amas d'imposteurs:
On a beau découvrir que ce n'est que faux zèle,
L'imposture est reçue, on ne peut rien contr'elle,
La censure voudrait y mordre vainement.
Comme tout autre vice on parle hautement,
Chacun a liberté d'en faire voir le piège;
Mais pour l'hypocrisie elle a son privilège,
Qui sous le masque adroit d'un visage emprunté,
Lui fait tout entreprendre avec impunité.
Flattant ceux du parti, plus qu'aucun redoutable,
On se fait d'un grand corps le membre inséparable;
C'est alors qu'on est sûr de ne succomber pas.
Quiconque en blesse l'un, les a tous sur les bras;
Et ceux-mêmes qu'on sait que le ciel seul occupe,
Des sièges de leurs morts sont l'ordinaire dupe;
A quoi que leur malice ait su se disposer,
Leur appui leur est sûr, s'ils l'ont vu grimacer.
Ah! combien j'en connais qui, par ce stratagème,
Après avoir reçu dans un désordre extrême,
S'armant du bouclier de la religion,
Ont r'habillé sans bruit leur dépravation,
Et pris droit, au milieu de tout ce que nous sommes,
D'être sous ce manteau, les plus méchans des hommes!
On a beau les connaître, & savoir ce qu'ils sont,
Trouver lieu de scandale aux intrigues qu'ils ont,
Toujours même crédit, un maintien doux, honnête,
Quelques roulemens d'yeux, des battemens de tête,
Trois ou quatre soupirs mêlés dans un discours,
Sont, pour tout rajuster, d'un merveilleux secours.
C'est sous un tel abri qu'assurant mes affaires,
Je veux de mes censeurs duper les plus sévères.
Je ne quitterai point mes pratiques d'amour;
J'aurai soin seulement d'éviter le grand jour,
Et saurai, me voyant en public que des prudes,
Garder à petit bruit mes douces habitudes.
Si je suis découvert dans mes plaisirs secrets,
Tout le corps en chaleur prendra mes intérêts;
Et, sans me remuer, je verrai la cabale
Me mettre hautement à couvert du scandale.
C'est-là le vrai moyen d'oser impunément
Permettre à mes désirs un plein emportement.
Des actions d'autrui je serai le critique.
Médirai saintement; &, d'un ton pacifique,
Applaudissant à tout ce qui sera blâmé,
Ne croirai que moi seul digne d'être estimé.
S'il faut que d'intérêt quelque affaire se passe,
Fût-ce veuve, orphelin, point d'accord, point de grace;
Et, pour peu qu'on me choque, ardent à me venger,
Jamais rien au pardon ne pourra m'obliger.
J'aurai tout doucement le zèle charitable
De nourrir une haine irréconciliable;
Et, quand on me viendra porter à la douceur,
Des intérêts du ciel je serai le vengeur;
Le prenant pour garant du soin de sa querelle,
J'appuierai de mon cœur la malice infidelle:
Et, selon qu'on m'aura ou moins respecté,
Je damnerai les gens de mon autorité.
C'est ainsi que l'on peut, dans le siècle où nous sommes,
Profiter sagement des faiblesses des hommes;
Et qu'un esprit bien fait, s'il croit les mécontens,
Se doit accommoder aux vices de son tems.

SGANARELLE.

Qu'entends-je? C'en est fait, Monsieur, & je le quitte;
Il ne vous manquait plus que vous faire hypocrite.
Vous êtes de tout point achevé, je le voi.
Assommez-moi de coups, percez-moi, tuez-moi,
Il faut que je vous parle, il faut que je vous dise:
Tant va la cruche à l'eau qu'enfin elle se brise;
Et, comme dit fort bien, en moindre ou pareil cas,
Un auteur renommé que je ne connais pas,
Un oiseau sur la branche est proprement l'exemple
De l'homme qu'en pêcheur ici-bas je contemple;
La branche est attachée à l'arbre qui produit,
Selon qu'il est planté, de bon ou mauvais fruit;
Le fruit, s'il est mauvais, nuit plus qu'il ne profite;
Ce qui nuit, vers la mort nous fait aller plus vite;
La mort est une loi d'un usage important;
Qui peut vivre sans loi, vit en brute; & partant
Ramasse, ce sont-là preuves indubitables
Qui font que vous irez, Monsieur, à tous les diables.

D. JUAN.

Le beau raisonnement!

SGANARELLE.

Ne vous rendez donc pas,
Soyez damné tout seul; car pour moi je suis las....

SCENE III.

PASCALE, LÉONOR, D. JUAN, SGANARELLE.

D. JUAN, *apercevant Léonor.*
N'avais-je pas raison? Regarde, Sganarelle:
Vient-on me rendre-vous?   *(à Léonor.)*
Que de joie. Ah! ma belle,
Vous voilà! Je tremblais que, par quelqu'embarras,
Vous ne fussiez sortie.

LÉONOR.

Oh! point. Mais n'est-ce pas
Monsieur le médecin que je vois là?

D. JUAN.

Lui-même,
Il a pris cet habit; mais c'est par stratagème,
Pour certain langoureux chez qui je l'ai mené,
Contre les médecins de tout temps déchaîné;
Il n'en veut voir aucun; & Monsieur, sans rien dire,
A reconnu son mal dont il ne fait que rire:
Certaine herbe déjà l'a fort diminué.

LÉONOR.

Ma tante a pris sa poudre.

SGANARELLE, *gravement à Léonor.*
A-t-elle éternué?

LÉONOR.

Je ne sais; car soudain, sans vouloir voir personne
Elle s'est mise au lit.

SGANARELLE.

La chaleur est fort bonne
Pour ces sortes de maux.

LÉONOR.

Oh! je crois bien cela.

D. JUAN.

Et qui donc avec vous nous amenez-vous là?

LÉONOR.

C'est ma nourrice. Ah! si vous saviez, elle m'aime....

D. JUAN.

D. JUAN.
Vous avez fort bien fait ; & ma joie est extrême,
Que, quand je vous épouse, elle soit caution....

PASCALE.
Vous faites-là, Monsieur, une bonne action.
Pour entrer au couvent, la pauvre créature,
Tous les jours, de soufflets avait pleine mesure ;
C'était pitié....

D. JUAN.
Bientôt, Dieu merci, la voilà
Exempte, en m'épousant, de tous ces chagrins-là.

LÉONOR.
Monsieur....

D. JUAN.
C'est à mes yeux la plus aimable fille....

PASCALE.
Jamais vous n'en pourriez prendre une plus gentille,
Qui vous pût mieux.... Enfin traitez-la doucement,
Vous en aurez, Monsieur, bien du contentement.

D. JUAN.
Je le crois. Mais allons, sans tarder davantage,
Dresser tout ce qu'il faut pour notre mariage ;
Je veux le faire en forme, & qu'il n'y manque rien.

PASCALE.
Hé ! vous n'y perdrez pas ; ma fille a de bon bien.
Quand son père mourut, il avait des pistoles
Plus gros....

D. JUAN.
Ne perdons point de temps à des paroles,
Allons, venez, ma belle. Ah ! que j'ai du bonheur !
Vous allez être à moi.

LÉONOR.
Ce m'est beaucoup d'honneur.

SGANARELLE, *bas à Pascale.*
Il cherche à la duper, gardez qu'il ne l'emmène.
C'est un fourbe.

PASCALE, *bas à Sganarelle.*
Comment ?

SGANARELLE, *bas à Pascale.*
A plus d'une douzaine....
(*Haut se voyant observé par D. Juan.*)
Ah ! l'honnête homme ! Allez, votre fille aujourd'hui
Aurait eu beau chercher pour trouver mieux que lui :
Il a de l'amitié.... Croyez-moi, qu'une femme
Sera la bien.... Et puis il la fera grand'dame.

D. JUAN, *à Léonor.*
Ne nous arrêtons point, ma belle ; j'aurais peur
Que quelqu'un ne survint.

SGANARELLE, *bas à Pascale.*
C'est le plus grand trompeur....

PASCALE, *à D. Juan.*
Où donc nous menez-vous ?

D. JUAN.
Tout droit chez un Notaire.

PASCALE.
Non, Monsieur ; dans le bourg il serait nécessaire
D'aller chez sa cousine, afin qu'étant témoin
votre foi donnée....

D. JUAN.
Il n'en est pas besoin ;
Le médecin, & vous, devez suffire.

LÉONOR, *à Pascale.*
-nous pas d'accord ?

ij

D. JUAN.

Il ne faut plus qu'écrire.
Quand ils auront signé tous deux avec nous
Que je vous prends pour femme ; & vous, moi pour époux,
C'est comme si....

PASCALE.

Non, non : sa cousine y doit être.

SGANARELLE, bas à Pascale.

Fort bien.

LÉONOR.

Quelque amitié qu'elle m'ait fait paraître,
Si chez elle il n'est pas nécessaire d'aller,
Ne disons rien, peut-être elle voudrait parler....

D. JUAN.

Oui, quand on veut tenir un ... e secret,
Moins on a de témoins, plus la ... est bien faite.

PASCALE.

Mon Dieu, tout comme ailleurs, chez elle, sans éclat,
Les Notaires du bourg dresseront le contrat.

SGANARELLE.

Pourquoi vous différer ? Monsieur a-t-il la mine
(Bas à Pascale.)
D'être un fourbe ? Voyez. Ferme ! chez la cousine,

D. JUAN, à Léonor.

Au hasard de l'entendre entre nous quereller,
Avançons.

PASCALE, arrêtant Léonor.

Ce n'est point par-là qu'il faut aller.
Vous n'êtes pas encore où vous pensez, beau sire.

D. JUAN, à Léonor.

Doublons le pas ensemble ; il faut la laisser dire.

SCÈNE IV.

LES PRÉCÉDENS, LA STATUE DU COMMANDEUR.

LA STATUE, prenant D. Juan par la main.

Arrête, Don Juan.

LÉONOR.

Ah ! Qu'est-ce que je vois ?

Sauvons-nous vite, hélas !

(Léonor & Pascale se sauvent.)

SCÈNE V.

SGANARELLE, D. JUAN, LA STATUE.

D. JUAN, tâchant à se défaire de la Statue.

Ma belle, attendez-moi ;

Je ne vous quitte point.

LA STATUE.

Encore un coup, démeure ;

Tu chantes en vain.

SGANARELLE.

Voici ma dernière heure ;

C'en est fait.

D. JUAN, à la Statue.

Laisse-moi.

SGANARELLE.

Je suis à tes genoux,

Madame la Statue ; ayez pitié de nous.

LA STATUE.

Je t'attendais ce soir à souper.

D. JUAN.

Je t'en quitte,

On me demande ailleurs.

LA STATUE.

Tu n'iras pas si vite :

L'arrêt en est donné, tu touches au moment
Où le ciel va punir ton endurcissement,
Tremble.

D. JUAN.

Tu me fais tort, quand tu m'en crois capable ;
Je ne sais ce que c'est que trembler.

SGANARELLE, à part.

Détestable !

LA STATUE.

Je t'ai dit, dès tantôt, que tu ne songeais pas
Que la mort chaque jour s'avançait à grands pas.
Au lieu d'y réfléchir, tu retournes au crime,
Et t'ouvres à toute heure abyme sur abyme.
Après avoir en vain si long-temps attendu,
Le ciel se lasse ; prends : voilà ce qui t'est dû.

(La Statue embrasse D. Juan, & un moment après tous les deux sont
abymés.)

D. JUAN, dans l'abyme.

Je brûle ; & c'est trop tard que mon ame interdite....
Ciel !

SCENE DERNIERE.

SGANARELLE, seul.

Il est englouti ! je cours me rendre hermite.
L'exemple est étonnant pour tous les scélérats.
Malheur à qui le voir, & n'en profite pas.

FIN.

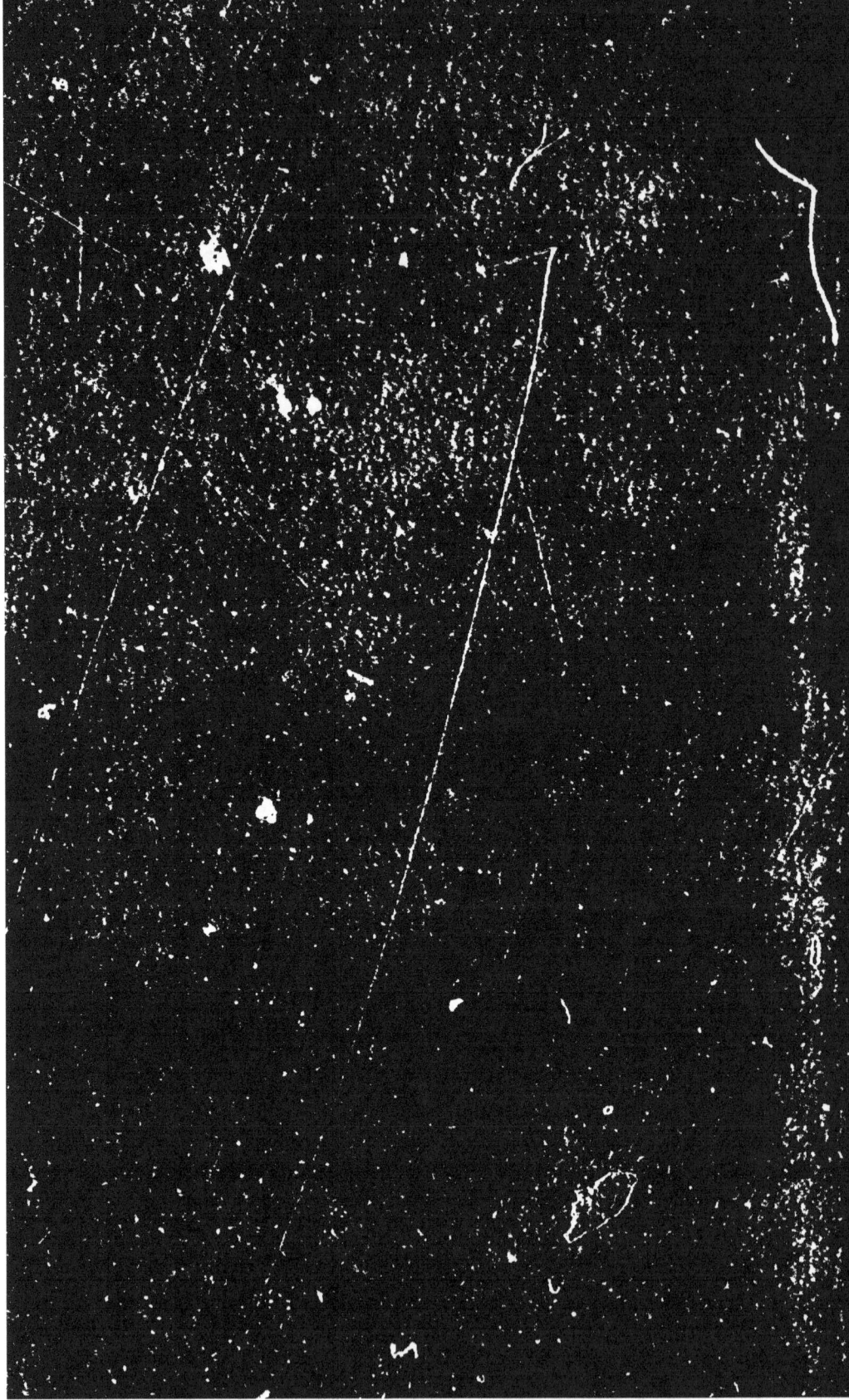

www.ingramcontent.com/pod-product-compliance
Lightning Source LLC
Chambersburg PA
CBHW060812180626
46818CB00002B/796